狂う

西澤保彦

幻冬舎文庫

狂う

目次

TUNE IN

「――ええ、そうなの、そうなのよ。今夜はね、ほんとうにひさびさに、のびのびしちゃってるの、夫も子供たちもいなくて」

そんな女の楽しげな笑い声が鳴沢文彦《なるさわふみひこ》の背後のテーブルから上がった。聞き覚えのある声だ。

直接面識はないが、鳴沢と同じくここ〈ストゥラーダ〉の常連客であるらしく、この一、二年のあいだ、店の従業員たちとの親しげなやりとりを聞くともなしに聞いているうちに、彼女が地元テレビ局勤務の夫を持つ〝アサバ夫人〟なる人物であると憶《おぼ》えてしまった。

おいおい、女が一夜、独りで留守番の予定だと自ら公の場で告知に及ぶとはまたずいぶん不用心だな、と鳴沢は呆《あき》れる。

たしかに〈ストゥラーダ〉で提供される料理は決して安価とは言えない。サービスチャージも考慮すると、素性の怪しい人物がそうそう気軽に出入りできるはずもない、そう高を括《くく》っているのかもしれない。万が一、不心得者が紛れ込んでいて聞き耳をたてていたとしても、自分の家がどこなのか知られていなければなにも心配する必要はない、そう思い込んでいるのかもしれない。

いずれにしろ気の置けない友人たちとのお喋《しゃべ》りに夢中らしい、いまの〝アサバ夫人〟に防犯意識のかけらもないことは明らかだった。それが妙に鳴沢の神経に障り、いつしか悪意に満ちた妄想が拡《ひろ》がってゆく。

もしも彼女の夫が地元のニュースや情報ヴァラエティ番組によく出演しているアナウンサー、麻羽脩《あさばおさむ》なのだとしたら、その自宅の住所は簡単に判《わか》る。彼は、学年は少し上でこれまた直接面識はないが、鳴沢と同じ私立中高一貫教育校〈古我知《こがち》学園〉のOBなのだ。同窓会名簿さえ開けば、彼がどこに住んでいるのかはすぐに調べられる。

もちろん、「だからさ、今夜はもう思い切り羽をのばしちゃいたい気分なのよね」といま嬌声《きょうせい》を上げている〝アサバ夫人〟の夫が、たまたま麻羽脩と同じ職場、かつ同じ苗字《みょうじ》の別人である可能性もあるわけだが……そこまで考えた鳴沢の胸中にふと、どす黒い怒気が渦巻いた。

名簿、か。同窓会名簿……くそッ。

去年の十二月、母校の事務局から〈古我知学園創立八十周年記念版〉同窓会名簿が届いた。

なんの気なしに自分たちの学年の卒業生の名前と連絡先を無作為に拾い読みし始めた鳴沢は、よもやその行為が結果的に己れを冷酷無比《れいこくむひ》な連続殺人鬼に変貌させしめることになろうとは、そのときまだ夢にも思っていなかったのだが。

「――どうかしたの？」

我知らず表情が歪《ゆが》んでいたらしい。肉を切り分ける手を止め、科野《しなの》さくらがまじまじと鳴沢の顔を覗《のぞ》き込んできた。ピンク色に突き出た頰骨とぱっちりつぶらな瞳の組み合わせがフランス人形のようで、まだ十代前半だと偽っても通用しそうだ。

「ん。ああ」グラスのなかのワインをゆらゆら揺らして、鳴沢はそうごまかした。「なんでもない。酔いが回ったのかな」

「え、もう？」

「っていうか、朝からちょっと、体調がよくないみたいでね」

そう口にした途端、ほんとうに全身がだるくなった。猛烈な虚無感に襲われ、すべてがどうでもよくなる。

「いまさらでもうしわけないけど、今夜はお店、失礼することにするよ」

「えー、そんな」

「いや、だからって別に急いで食べたりしなくていい。ここはゆっくりしていこう」

さくらがまだ釈然としないとでも言いたげに下唇を尖《とが》らせているのに気づき、首を傾《かし》げていた鳴沢は少し遅れてその理由に思い当たり、慌てて付け加えた。

「あ、もちろん、買物も予定通り、していこう」

「じゃ、早く食べて、早く行こうよ。あそこって、たしか八時までだし」

「なら、まだまだ余裕じゃないか」

「だってえ、ゆっくり、じっくり見て回りたいんだもん」

同伴出勤の途中で、さくらを最近地元で開店したばかりの某有名ブランドショップへ連れてゆくと約束していたことを忘れていた。彼女はきっと唐突に飛び出した体調不良という鳴沢の言い分は、プレゼント代が惜しくなった方便だと邪推したことだろう。

そう考えるとよけいに腹立たしい。これまでずっと〈ラビュリントス〉ではいちばん可愛いと思っていたさくらのことが急に鬱陶《うっとう》しくなり、なにか邪悪な怨念《おんねん》めいたものが急激に鳴沢の胸をどす黒く染め上げた。

そして先刻一旦中断していた〝アサバ夫人〟に対する悪意に満ちた妄想が、再び脳裡《のうり》を駆けめぐり始めた。

……みてろ、この後、帰宅したらすぐに〈古我知学園〉の同窓会名簿で『麻羽脩』の住所を調べてやる。改訂されたばかりの〈創立八十周年記念版〉に連絡先が記載されているかどうかは未確認だが、一版前の〈創立七十周年記念版〉ではたしか見た覚えがある。町名もうっすら憶えている。

そして真夜中になるのを待ち、麻羽家へ忍び込んでやる。気の置けない友人たちとのびのび伸ばした羽を休めに独り誰もいない我が家へ戻ってきたばかりのおまえを襲い、殺してやる——いや、ひと思いに殺すのはもったいない、か。とても口にはできないような辱めをたっぷり味わってもらってからじゃないと、な。

背後のテーブルを振り返ってみたい衝動を抑えながら鳴沢は、これまで〈ストゥラーダ〉で何度か見かけたことのある〝アサバ夫人〟の容姿の断片を掻《か》き集め、脳裡でできる限り鮮明に再構成してみた。眼《め》をくっきりとやたらに大きめに見せるメイクや、大きくウェーヴをかけたセミロングの髪が如何《いか》にも若づくりな印象だ。特にアイメイクは眼尻に痣《あざ》が出来ているのではないかと見紛《みまが》うこともあるほど濃厚で、鋭角的なラインで真っ赤に描いた唇との組み合わせは派手というよりもどぎつい。

彼女は何歳くらいだろう。麻羽脩がたしか今年で四十八だから、仮にその二、三歳下だとしたら鳴沢と同年輩ということになるが。小柄でむっちりした肉置《ししお》きはいままさに女の熟れ盛りでフェロモンが強烈に匂い立っている。

しかしおそらく本人は自分が知的な女だと思っているはずだ。これまでの人生、あたしは肉体ではなく頭で勝負してきた、と。セックスしか武器にできない、そんじょそこらの女たちとは格が全然違うのだ、と。そんな揺るがぬ自信があるのだ——どこかエリート臭ふんぷんたる彼女の上から目線的な言動を垣間見る《かいまみ》につけ、鳴沢はそう決めつけずにはいられない。

たしかにおまえは頭がいいんだろう。だがその人生の機略がこれまで成功してきたのだとしたら——ローカル限定とはいえ有名人の夫を手に入れたことも含めて——それはその豊艶《ほうえん》な女の肉体という担保があったからこそじゃないか。

女の肉体という極めて換金性の高い担保がな。その担保がなければいまのおまえはなかったんだ。なのに自分はすべてを知性で手に入れたと思い込んでいやがる。

おめでたいもんだ。昼は理知的に事務処理をこなせる秘書、夜は夜でベッドの上で淫ら《みだ》になれる娼婦《しょうふ》——そんな昔からよくある男社会のステロタイプな理想像を体現するためだけに、おまえの努力と研鑽《けんさん》、そして貴重な歳月は消費されてきたんだよ。それだけなんだ。しょせんはそれだけの存在なんだよおまえは。

自分が踊らされていることにも気づかない程度のおつむしか持ち合わせていないくせに——気づいてればそんなアライグマみたいなメイクをして人前に出られるわけないもんな——一人前にお高くとまりやがって。くそ、むかつく。

鳴沢の〝アサバ夫人〟へ向けられる敵意には実はさしたる根拠があるわけではなかった。

彼はそもそも彼女がどういう人間なのかもよく知らない。見た目のイメージを勝手に膨らませているだけだ。そしてそのイメージはどんどん単純化された挙げ句、一般的な女の通有性として普遍化されてゆく。

〝アサバ夫人〟を徹底的に貶《おとし》めることで、鳴沢は自分のなかで女性一般に対する憎悪と殺意の純度をどんどんどんどん高めてゆく。そして理性レベルにおけるその自覚はまったくなく、止められない。どこまでも暴走してゆく。

これまでの人生において鳴沢は、自分はどちらかといえばフェミニストだと思っていた。女性を愛しこそすれ憎むなんて想像力の埒外《らちがい》だ、と。本気でそう信じていた。

もちろん思春期特有の異性に対する興味と表裏一体の反発心みたいなものが、おとなになってもずっと無意識のどこかで増殖していたのかもしれない。それ自体は多かれ少なかれ男の通有性と言えなくもないかもしれないが、鳴沢のなかでここまで爆発的に憎悪が醸成されたのはやはり昨年の十二月、届けられたばかりの母校の同窓会名簿の改訂版を見たことがきっかけだったのだろう。

〈創立八十周年記念版〉を開いた鳴沢は慣例の儀式のように旧姓・比奈岡奏絵《ひなおかかなえ》の項目を確認した。

彼女は結婚して『薬丸《やくまる》奏絵』になっており、『薬丸（比奈岡）奏絵』と旧姓は括弧《かっこ》内に表記されている。その点は一版前の〈創立七十周年記念版〉と同じだったのだが、鳴沢にとって予想外だったのは彼女の連絡先が空欄になっていたことだ。

あれ……その白々としたスペースがなんだかひどく息苦しく感じられ、鳴沢は困惑した。どうしたんだろう、これ。〈創立七十周年記念版〉では奏絵の住所は——電話番号や職業などは記載されていなかったが——北海道札幌市になっていたのに、なぜ？

いやもちろん、なぜ、と改めて疑問に思うほどのことでもない。どこかへ引っ越したのだろう。単にそれだけの話だ。道内へなのか、それとも他県へなのかはともかく。

十年毎の同窓会名簿の改訂作業のため各卒業生はその都度、事務局から近況のアンケート葉書を送付される。連絡先や職業に特に変更がなければ、記載されている個人データをそのままにして事務局へ返送する。鳴沢もずっとそうしている。

が、引っ越しをして、郵便物の転送願いの有効期間も切れた後でアンケート葉書が送付されてきた場合、それは転居先不明で事務局へ舞い戻ってくることになる。そしてその分の名前の連絡先や職業の欄は空白になる。今回の奏絵のように。単にそれだけの話だ。それだけの話……なのに。

鳴沢がひどく不可解な感情に振り回されている自分に気がついたのはしばらく時間が経《た》ってからだった。自分はなにかひどくショックを受けている……そう思い当たったものの、しかしその衝撃はいったいなにに由来しているのか、なかなか見当がつかない。

なんだいったい。これはなんなんだ。おれはいったいなにがそれほどショックなのだ？　遡《さかのぼ》ること十年前、〈創立七十周年記念版〉同窓会名簿で初めて鳴沢は、奏絵が結婚して薬丸姓になっていることを知った。

あ、奏絵、結婚したのか、と思った。しかし全然ショックではなかった。それどころか鳴沢は素直に思ったのだ——よかった、と。ほんとうに素直に、心の底から。

北海道という自分が未《いま》だ一度も足を踏み入れたことのない北の大地へ、彼女が東京から移り住んでいると知っても全然ショックではなかった。奏絵が新しい人生を歩んでいることを知って、むしろ嬉《うれ》しかった。幸せになって欲しい、と衒《てら》いでもなんでもなく素直に思ったものだった……なのに。

なのになぜ？　なぜ改訂版で彼女の連絡先が空欄になっているというただそれだけのことがこれほどのショックをもたらすのだ。

これで奏絵がどこか自分の手の届かない遠くへ去ってしまったのだという事実が決定的になったからとか？　しかしそんなこと、さして目新しい事実でもなんでもない。奏絵とは昨日今日に離ればなれになったわけじゃない。高校卒業後、ずっとそうだったんだから。なのに、なにをいまさら？

彼女とはもうずっとずっと離ればなれ……いや、鳴沢は高校卒業後、一度だけ奏絵に会っている。それは八年前。〈創立七十周年記念版〉の同窓会名簿が刊行された翌々年のことだった。

かつて中学高校でいっしょに軽音楽同好会を結成して活動していたメンバーのひとりである井出《いで》啓太《けいた》がその年、死んだ。バイクで走行中、トラックに撥《は》ねられて。

鳴沢にとって地元に根づいた同級生のなかではいちばん長く交遊の続いていた友人の急死だった。悄然《しょうぜん》と葬儀場へ赴いた鳴沢は予想外の、ある意味啓太の死以上の驚きに見舞われることになる。

奏絵がそこにいたのだ。喪服に身を包んで。

当時、彼女は三十七。高校を卒業してから二十年近く経っても、常にどこか久遠の淵《ふち》を覗き込んでいるかのような輝きを帯びた、ひたむきな眼差《まなざ》しはまったく変わっていなかった。

変わった点といえば、すっきりマニッシュなショートにした髪形くらいか。制服のブレザーにリボン、チェックのミニスカートに紺色のハイソックス姿でエレキギターを持ち、マイクスタンドを前にして熱唱する十代の頃の奏絵はいつもポニーテールだった。それが鳴沢と同じくらい上背《うわぜい》のあるスレンダーな長身によく似合っていて独特の凛々《りり》しさを醸し出す。そんな昔のイメージが鮮烈に甦《よみがえ》り、鳴沢の胸は妖《あや》しく騒いだ。

Isn't she……
Isn't she……

奏絵の希望でライヴではいつも最後に演奏していたスティーヴィー・ワンダーの〝Isn't She Lovely〟の歌いだしが鳴沢の耳朶《じだ》に甦る。まるで男性ヴォーカルのような独特の張りのある奏絵の歌声。

Isn't she lovely
Isn't she wonderful
Isn't she precious
Less than one minute old

まさに劇的な、予期せぬ再会だった。青春時代をともに音楽に情熱を傾けて過ごした仲間である啓太の死を彼女が悼むのはある意味、当然といえば当然なのだが、まさかわざわざ北海道から飛んでくるとは夢にも思わない。しかも啓太の死の知らせを奏絵は、当時まだ東京在住だった栗原正明《くりはらまさあき》からもらったのだという。

どうやら正明は高校卒業後もずっと——そして彼自身が結婚してからもずっと——奏絵と連絡を取り合っていたらしい。しかも手紙ばかりでなく、電話でも。

〈創立七十周年記念版〉のほうの同窓会名簿にさえ記載されていなかった奏絵の電話番号を正明はちゃんと把握していたのだ。

そうと知ったときの鳴沢の反応は、あ、やっぱりな……というものだった。このふたり、やっぱりそうだったんだ、と。

至って予定調和的な感慨を覚えこそすれ、びっくり仰天するほどのことではなかった。そう。そうなのだ。中学高校時代、ずっとそうなのではないかと感じていた奏絵と正明の親密な関係が改めて浮き彫りになっても、やはり鳴沢はさほどのショックを受けなかった。なのに。

なぜ？　なぜ今回、奏絵の連絡先が空欄になっているという、ただそれだけのことに自分はこれほどのショックを受けているのだろう？

自分の心のなかでいったい如何なる化学反応が起こっているのかまるで理解できないまま鳴沢は新しい同窓会名簿が届いたその翌週、正明の携帯電話に連絡を入れて呼び出し、忘年会という名目でひさしぶりにふたりで飲むことにした。

大学卒業後、しばらく東京でスタジオミュージシャンとして活動していた正明だが、啓太が死去した翌年、妻子を養うためにもっと安定した職業に就きたいという理由で故郷へ戻ってきていた。そして現在、〈最明寺《さいみょうじ》女子学園〉という地元では有名な中高一貫教育の女子校で音楽科の教諭をしている。

（今年はなんとも激動の一年だったよ。初めてクラス担任になったし、私生活でもいろいろと）

と笑う正明の口調がなんとなく自虐的に感じられた鳴沢が詳しく訊《き》いてみると、なんと妻子と別居中だというではないか。

（え。そんなに奥さんとは、うまくいっていないのか？）

（いや、そういうわけじゃなくて。ほんとに。ま、もともと女房はこちらの水が合わないようではあったんだが）

正明の妻は東京出身で大学で知り合ったと聞いているが、どういう事情があるのか挙式や披露宴などはいっさいしていないらしい。正明がUターンしてきてからずいぶん経つが、鳴沢は未だ一度も彼の妻と娘に会ったことがない。いずれその機会があるだろうと思っていたのだが、なんとすでに母娘揃《そろ》って東京へ戻っているのだという。

（娘がこの四月から高校生で、できれば東京の学校へ行きたいと言ったんだ。じゃあこの際って女房もそれに付いていった。ていうかむしろ、いつか東京暮らしに戻りたいと機会を窺《うかが》っていた女房の希望に娘が乗っかったかたち、なのかも。別にこちらが不便てわけじゃないそうなんだが、やっぱり東京のほうが暮らしやすいって。そんなわけで、夫婦仲がうまくいっていないからとかじゃないんだ。むしろ至って円満なほうで、要するにおれがこちらで単身赴任になったようなものさ）

（ふうん）

一度も妻帯した経験のない鳴沢に夫婦のことはよく判らなかったが、そもそも正明は妻子に安定した生活を提供するために東京での音楽活動を諦《あきら》めて故郷で教師になったはずなのに、なんとも皮肉なものだとは思った。

（家事を全部自分でやらなきゃならないのがめんどうだが、まあ気楽は気楽だよ。鬼の居ぬ間になんとやらじゃないが、こっそりテレビをＤＶＤプレイヤー付きの大型に買い替えたりして。単身赴任生活を満喫ってところだ。鳴沢は？　最近どうしてる）

（別に。相変わらず親の身上を喰《く》い潰《つぶ》す毎日さ）

（仕事をしないのはともかく、趣味とかもなにもしていないのか？　早いとこなにか見つけとかないと老後は意外に長いぞ。って、いやこれはおれ自身が最近、なにかといや年配の同僚たちから講釈を垂れられていることなんだが）

(おまえにはベースがあるじゃないか)

(そうなんだが、職場でいちいち説明するのもめんどくさくてな)

(おれの場合、趣味ってわけじゃないが、運動不足は如何《いかん》ともし難いから、まめに散歩くらいはするようにしてる。近所の公園とかで)

(キーボードは?)

(全然。ケースに入れたまま埃《ほこり》、被《かぶ》ってる)

(そういや啓太のドラムセットは……)

(まだおれんちに置いてある。葬儀の後、どうしましょうかと親父さんに訊いたら、かまわなかったら啓太の思い出としてずっと持っていて欲しいと言われて……)そう答えた鳴沢は、これは奏絵の話題を切り出すいいきっかけができたと思いついた。(あのさ、先週、新しい同窓会名簿が届いただろ)

(ああ)

(なんの気なしに見てたら啓太の名前が見当たらなくてさ。あれれと思ってよく見たら、その年度分のページの末尾に物故者一覧てのがあって、そのなかに他の者たちといっしょに『井出啓太』と……それを見ても、どうも実感が湧《わ》かなくてな。もう八年くらい経つのになんだか未だに信じられない)

（だよな。交通事故だから仕方ないとはいえ、あいつがいちばん長生きしそうだったのに）

（あ、そういえば）如何にもついでに話題にしてみたという口調を装った。（奏絵の連絡先が空欄になってたな。どこかへ引っ越したのか？）

（そうみたいだな、どうやら）

（どこへ行ったんだろう）

当然、正明から明確な答えが返ってくるだろうと鳴沢は思い込んでいた。ところが。

（さあ、どこへ行っちまったんだろうなあ、ほんとに）

（え）鳴沢は驚くというより呆気《あっけ》にとられた。（おまえ、知らないの？）

（え。う、うん、知らないけど……）

（どうして知らないんだ）

（いやいやいや、おまえ、どうしてと言われても、なあ。ただ啓太の葬儀の後、なんとなく連絡が途絶えてしまって……それっきり）

（おまえ）少し狼狽《ろうばい》気味の正明の態度にふと不審を覚え、鳴沢はつい詰問口調になった。

（なにか隠してないか）

（いや……）

正明の動揺がふと鳴沢に八年前の光景を思い起こさせた。それは啓太の葬儀の際。

斎場の駐車場で奏絵と正明がなにやら内緒話をしているところを偶然、鳴沢は目撃したのだ。

——やっぱり……やっぱりいつか、ひとは死んじゃうんだね。

奏絵はそう言って嗚咽《おえつ》をこらえきれなくなり、呻《うめ》くように泣き始めた。

——まさか啓太くんがこんなことになっちゃうなんて……やっぱりいつか、ひとは死んじゃうんだ、だから……やっぱり……だから……だからわたし、やっぱり決めた、決めたの。

——カナちゃん、それは。

困惑しながらも端《はな》から翻意させるのは諦めているかのような疲れきった声で正明は言った。

——もうちょっとよく……その……もうちょっとよく考えたほうが。

あのとき鳴沢は、友人の死という現実を前に為《な》す術《すべ》もなく立ち尽くし、移動時の楽器やアンプの運搬役としてバンド活動をずっと陰で支えてくれた啓太の父親になんと言葉をかけたものかと苦悩するばかりで、とても奏絵と正明のやりとりの意味を詮索《せんさく》する余裕などなかったのだが。

(啓太の葬儀のとき、奏絵が言ってたな——なにかを決めた、って)

はっと正明は顔を上げた。動揺がさらに拡がり、怯《おび》えにも似た苦渋の色がその瞳を染める。

(そのこととなにか関係あるのか？　おまえと奏絵が疎遠になってしまったのって)

畳みかけられても貝のように黙り込んでいた正明だが、やがてなにか決意したみたいにきっぱりと鳴沢を見据えた。

（あのな、鳴沢、これだけは信じてくれ。おれは奏絵がいま日本のどこにいるのか知らない。ほんとうに。もしかしたら海外へ移住していたりするかもしれないが、ほんとうに知らないんだ。どうかこれだけは信じて欲しい）

もとよりその点を疑うつもりは鳴沢にもない。ただやはり正明はなにかを隠している。そう確信したものの、それがなんなのかはまるで想像がつかなかった。

もしかしたら奏絵と正明はそれぞれ夫と妻のある身でありながらこっそり札幌と東京という遠距離をものともせず不適切な関係に陥っていたのかもしれない。高校卒業後の一時期、奏絵は正明と同じ東京で働いていたのだから、ふたりがより親密になれる機会には昔から事欠かなかったわけだし。それがどういう経緯《いきさつ》かはともかく啓太の死を境いに関係が解消され、互いに連絡をとることもなくなった……とか？

そんな陳腐なメロドラマのような筋書きしか鳴沢には思いつかない。むろん真実は案外そんなところなのかもしれないが、しかしその程度の事情を正明が、例えば妻や娘にならばともかく、わざわざ鳴沢にまで秘密にしようとするのはちょっと納得がいかない。

そんな猜疑心《さいぎしん》が表情に出ていたのだろうか、正明はどこか取り繕うように言った。

(その気になれば調べられるかもしれないぜ)

(え)正明がなにを言っているのか鳴沢は一瞬、本気で理解できなかった。(なんだって?)

(例えばの話だけど、興信所とか探偵とか? に依頼すれば奏絵がいまどこでどうしているのか、調べてくれるかもしれない)

　正明に対する憎悪めいた怒りがふつふつと湧いてくるのを鳴沢がはっきり自覚したのはこのときだった。

　そんな真似《まね》をして、いったいなんの意味があるんだ……思わずそう怒鳴りつけそうになるのをかろうじてこらえる。

(ただ、どれくらい費用がかかるものなのか見当もつかないけどな)

　そんなもっともな指摘もいまの鳴沢の耳には当てこすりにしか聞こえない。おれは別に金がもったいないわけじゃないぞ、時と場合によっちゃ探偵に依頼するのもありだろうさ。しかしそんな方法で奏絵の行方を知ったところで、少なくともおれにとってはなんの意味もない、それだけの話なんだ。そう喚《わめ》きたくなる。が。

　なんで意味がないんだ? 自分でもそれが不可解だ。金で解決できるものならひとつ奏絵の現状を調査してもらってみるのもいいじゃないか、そう思わなくもないのだが……いや。いやいやいやいや。

だめだ。絶対にだめだ、そんな方法では。それだけは絶対にだめだ。

己れの頑迷な拒絶反応がいまひとつよく理解できないまま、鳴沢は打ちひしがれた。そんな……そんなのありか？　正明がもはや奏絵と連絡を取り合っていなかった、なんて。聞いてないぞ。おれは聞いてない。そんなのありなのかよ。

なにが頭にくるって、それをおれはこの八年ものあいだずっと知らずにいたってことだ。いや、頭にくるどころじゃない、これはもう屈辱だ。

ショックだった。そう、このときの鳴沢はほんとうに激しいショックを受けた。啓太の葬儀の際、奏絵と正明がそれぞれの結婚後もずっと連絡を取り合っていたことを知ってもなんの動揺もなかったのに……なぜ？

なんだか正明に裏切られたような気がした。それは彼が奏絵と親密な関係にあったから、ではない。自分になんの断りもなく——断らなければならぬ道理があろうがなかろうが——彼女と八年という長きに亘《わた》り音信不通になっていたことが赦《ゆる》せなかった。それならばむしろ奏絵とは不倫関係でもいい、続けていて欲しかった。

己れの怒りがまったく論理的でないことは鳴沢も薄々は自覚している。正明が奏絵との連絡を途絶することがどうして自分に対する裏切り行為になり得るか、理路整然と説明できようはずがないことも多分判っている。にもかかわらず不条理なショックはますます心の傷を悪化させてゆく。

憤怒（ふんぬ）と憎悪が数々の過去の思い出の意味を改変してゆく。死去した啓太を除けばこれまでもっとも近しい友人だと信じていた正明と奏絵が、実は鳴沢を絶望的に疎外する存在だったのだ、と。爾来《じらい》、ふたりのもたらす疎外感がますます憤怒《ふんぬ》と憎悪を増長させてゆくという蟻《あり》地獄のような悪循環から鳴沢はついに逃れられなくなる。

あれはもう三十年近く前、鳴沢はスティーヴィー・ワンダーの〝Isn't She Lovely〟を甘ったるいラヴソングの類《たぐ》いだと思い込んでいた。その勘違いを指摘したのが奏絵だった。

（え、鳴沢くん、ちがうよそれ）

戸惑っている鳴沢に、（ほら、歌詞を見れば判るじゃん）と補足したのが正明だった。

ふたりから詳しく説明された鳴沢はそのとき、ふうん、そうだったのか、と素直に納得した。奏絵にも正明にもなんの他意もないのは明らかだったからだ。しかし。

しかしいまの鳴沢にとってはそんな他愛ない昔の思い出の一場面、一場面でさえも残酷な疎外感を増幅させる。

鳴沢は自分がどういう壊れ方をしているか——もしくは、しつつあるのか——把握できなかった。しかし壊れたことは確実だった。

表面的には正明を裏切り者と認識しているにもかかわらず、鳴沢の憎悪の念が向けられたのが女性一般に対してである点が、彼の壊れ方の深刻さを如実に示している。それはとりもなおさず正明というより実は奏絵に裏切られたというのが鳴沢の本音であることの証《あかし》に他ならなかったが、彼は無意識にその事実を否定し、封印した。

心のなかに封じ込めた奏絵には顔がなくなり、それは単に女と一般化された存在として、ただひたすら鳴沢の憎悪の対象となる。その怨念は新年が明けてからこの三カ月近くずっと蓄積され、濃縮されてきた。そしてコップの縁ぎりぎりまでに注がれた水が表面張力でかろうじて保っている危うい均衡の上へコインを落としてしまったのが、他ならぬ眼の前のさくらだ。水は溢《あふ》れてしまったのだ。

さきほど体調不良を理由に今夜は〈ラビュリントス〉へ顔を出すのをやめようとしたときのさくらのあの侮蔑《ぶべつ》に満ちた反応。なにもっともらしいこと言ってプレゼント代をけちろうとしてんのこのせこいオヤジは、とでも言わんばかりの冷やかな眼……くそ。

先刻までの〝アサバ夫人〟に対する邪悪で淫靡《いんび》な妄想がそっくりそのままさくらへ転移した。鳴沢はさくらと肉体関係を持ったことはない。キスどころか手を握ったことすらないが、〈ラビュリントス〉の薄暗い店内のテーブルの下で彼女に淫猥《いんわい》に膝を撫《な》で回されたことなら何度かある。さくらがプレゼントをおねだりするときの癖で。

可愛い顔、甘える仕種《しぐさ》、それら極めて換金性の高い担保を最大限に駆使して、この物欲惚《ぼ》けの牝犬《めすいぬ》はさんざんおれから金を搾り取り続けてきやがったんだ……鳴沢はこれまでたとえどんなに彼女と感情的に行き違うことがあっても、いつでもさくらの物欲をむしろ嬉々《きき》として満たしてきた己れの所業も忘れ、ただひたすら怒りに身を任せた。怒りは憎しみを増幅させ、エスカレートした憎しみはさらに怒りを煽《あお》るという悪循環。際限なき怨念地獄から抜け出すのはもはや不可能だった。

さくらをもっともらしい口実で実家へ連れ込んでしまえないかと鳴沢は本気で算段した。一旦密室内に閉じ込めてしまえばもう彼女に逃げ道はない。ぎゃあぎゃあ泣こうが喚こうが誰も助けにはこない。服をひん剥《む》いて思う存分、犯し……いや。

裸にしたさくらを組み伏せようとしている己れの姿を想像した鳴沢はふいにおぞましさを覚え、背筋に悪寒が走った。それは強姦《ごうかん》という犯罪に対する忌避《きひ》ではなく、セックスそのものへの激しい嫌悪感だった。

「——でさあ、その娘《こ》ってさ、マジ笑えるのはさ、彼氏に裏切られた、つって、自殺騒ぎを起こしちゃったことなんだよね」

こいつの汚らわしい皮膚や女性器になんて触れたらこっちの身体《からだ》が腐っちまう。犯すなら適当な男たちを雇って輪姦《りんかん》させる、それを見物するだけで充分ってもんだ。

そんな鳴沢の嗜虐《しぎゃく》的な胸中も露知らず、さくらは呑気《のんき》に知り合いのホステスのエピソードを披露していた。

「自殺……ね」

ふと残虐な妄想の憑《つ》きものが落ちた鳴沢は半ば上の空で相槌《あいづち》を打った。

そうか、自殺か。おれもそろそろ死んだほうがいいのかもしれない、真剣にそう考えた。

ふと気がついてみればおれはこの人生でなにも望むものを手に入れられないでいる。いや、もっと正確に言えば、これまでは自分さえその気になれば欲しいものはなんでも手に入るとばかり思い込んでいた。それがなんとも壮大かつ滑稽《こっけい》な錯覚だったという現実を突きつけられることで完膚なきまでに叩《たた》きのめされたのだ——奏絵の連絡先が空欄になっているのを目《ま》の当たりにして、初めて。

この先、何年生きてもこの惨めな状況はまったく変わるまい。悪くなることはあっても良くなることは絶対にない。ならば自ら死を選ぶのもひとつの道だ。いや、もっとも賢明な選択肢かもしれない。そうだ。

そうするか。うん。だったらもうさくらへのプレゼントなんかで散財するのもばからしい。食事が終わったら彼女なんか放っておいて、さっさと家へ帰ろう。なに、しみったれおやじとかなんとか呆れられようとかまやしない、これでもう二度と〈ラビュリントス〉にも行かないですむ。無駄な金を落とさないですむ。

「でもさ、本気で死ぬつもりなんか最初からなかったのがばれればれなんだよね。その娘ってさあ、ほんと、影響を受けやすい性格でさ、テレビかなにかで観《み》たらしいのね。どこか外国で実際にあったんだって、やっぱり彼氏だか婚約者だかに裏切られた女のひとが自殺未遂を図ったって。しかもそれが野次馬がいっぱいひしめくなか、ウエディングドレス姿でビルから飛び下りようとしたんだって。結局失敗したらしいけど。その娘、それを真似してやろうとしたの。おまけにあり得ないのは、それだけのためにわざわざウエディングドレスをレンタルしたっていうんだから」

「そんなに簡単にレンタルできるものなのか、ウエディングドレスって。つまりその、ほんとは結婚の予定なんかなくても？」

「贅沢《ぜいたく》さえ言わなきゃなんでもあるんじゃない？　パーティーの余興とかで使える安っぽいやつとか普通にありそう。正確にはウエディングドレスもどきか。その娘が具体的にどの程度のグレードの衣装を用意したのかは知らないけど、ともかく純白の花嫁のコスプレをして、どこかのビルから飛び下りようとした」

「で、飛び下りたのか」

「んなわけないじゃん。だってその娘、要するに、死んでやるーってふりして彼氏をびびらせて、謝って欲しいだけだったんだから。ほんとに死んだら、なんにもならないじゃん」

「ふうん。で、その彼氏、びびって謝ってくれたのか」

「全然。会いにきてくれるどころか連絡もなにもなかったって。もしかしたらその騒動のニュースも観ていなかったかもしれないね」

「ニュースになったのか。テレビ？」

「うん。やっぱり花嫁衣装っていう演出が効いたんでしょ。おまわりさんたちといっしょにテレビカメラがやってきて、その日の夕方のローカルニュースで一部始終が流れた。でもその娘の顔にはモザイクがかかるわ、もちろん本名も報道されないわで、あれじゃあもしも彼氏がテレビを観てても彼女のことだなんて絶対に気づかなかったでしょ、って話」

「ふうん……」

適当に相槌を打っているだけのつもりだった鳴沢はふと、妙にさくらの話に惹《ひ》き込まれている己れに気がついた。しかしその傍《はた》迷惑な娘の騒動の顚末《てんまつ》のいったいどこがそれほど興味深いのか、自分でもよく判らない。

「あのさ、さくらちゃんてたしか、お兄さんか弟さんがいるって話だったよね。で、そのひとが以前、人命救助かなにかで表彰されて――」

「え？　ちがうよ、それ。だってあたし、ひとりっ子だもん」

「そうだっけ」

「誰か他のひとの話だよきっと。で、人命救助で表彰されたそのひとの兄弟がどうかしたの？」

「いや……」さくらの話を聞いているうちにふと連想が働いたのだが、それはなぜなのかがいまいちよく判らない。「そのひとが表彰されているところがテレビのニュースに出た……とか言ってなかったかなと、ふと思って」

「じゃあテレビニュースつながりってわけね、さっきのあたしの友だちの話と」

「そう……そうなんだけど。それだけじゃなくて、えと、なんだろう」なぜそれを自分はさくらの話から連想したのか、その理由が途轍《とてつ》もなく重要であるような気がして鳴沢はもどかしかったが、頭がうまく回ってくれない。「……はー、もう歳《とし》かな。なにか思いついても、きちんと口にする前に度忘れするようになっちまった」

「そうそう、兄弟っていえばさ、ナルさんて兄弟、いる？」

「姉がひとりいる。ていうか、いた。いま生きていればちょうど五十歳だが」

ふうんと呟《つぶや》いたものの、さくらは鳴沢の亡き姉にはまったく関心がないらしい。

「じゃあお兄さんとか弟さんはいないの？」

「いない。どうして？」

「あのさ、この前、お店から朝帰りしたとき、〈根《ね》占《うら》公園〉を通り抜けようとしたら偶然、ナルさんを見かけたのね」

「ああ、実家の近くだからね。朝、散歩をするときはいつもあそこだ」

「でもナルさん、誰かといっしょだったから、声はかけなかったんだ」

「誰かといっしょ？」

はて、と首を傾げていると、さくらが「あ、男のひと」と付け加えたので思い当たった。

「ああ、〝ダブル〟のことか」

「だぶる？　変な名前」

「いや、彼の本名を知らないから、こっちで勝手にそう呼んでるだけなんだけど」

どうやら路上生活者であるらしいその髭面《ひげづら》の人物に初めて遭遇したのは昨年の夏。古ぼけたよれよれのダブルの背広の上着を、袖に腕を通さずまるでポンチョのように被っていたのが印象的だったのでそんな呼び方が鳴沢のなかで定着したのだが、さくらはそんな由来に興味はなさそうだ。

「どう見てもホームレスの男のひとのようなんだけど、ひょっとしてナルさんの兄弟？　なんて思っちゃって。そっくりだったから」

「へええ、彼が？　ぼくに？」

「双子っていうとちょっと大袈裟《おおげさ》だけど、歳恰好《としかっこう》も同じくらいだし。うーん、そっか、やっぱり兄弟じゃあなかったんだね」

なるほど、そうか。そうだったのか。鳴沢は合点がいった。これまでにもなんとなく〝ダブル〟を見てふと既視感めいたものを覚えることが何度かあったのだが、そういうわけだったのか。これぞ灯台もと暗しってやつだ。おれに似ていたのか、と。

互いに容姿が、もしかして兄弟かもと思える程度には似ている。少なくともさくらの眼にはそう映ったわけだ。これは……そうか、これは。

鳴沢の脳裡でぐるりとなにか歯車のようなものが回る感覚があった。先刻さくらに話そうとしてどうしても言葉にならなかったことが、もう少しで霧が晴れるかのように明確になりそうな予感がする。これは……なんだこれは。なんなんだ。

もどかしい気持ちを持て余している鳴沢を尻目に、さくらは携帯電話で時刻を確認した。

「ねえ、そろそろ行こうよう。あたし、デザートは要らない」

さくらに少し遅れて鳴沢もテーブルから立ち上がった。〝アサバ夫人〟ご一行様はまだまだお喋りに夢中である。彼女にとって解放感いっぱいの自由気儘《きまま》な夜は始まったばかりのようだ。

「——ん？」

レジでカードを差し出した鳴沢の腕を、さくらが横からちょこんとつっ突いた。

「あのさ、ほら見てみて」と妙に意味ありげに小声で囁《ささや》いてくる。「これ」

「なんだい」

さくらはさきほど時刻を確認していた携帯電話を掲げてみせる。キーで電話帳を開くと『アサバ　オサム』という名前とともに０９０で始まる電話番号が表示された。

「え？　これって——」

「そう。アナウンサーの」さくらはにやにや悪戯《いたずら》っぽく笑み崩れると、さらに声を低めた。「さっきナルさんの後ろのテーブルにいたの、あれ、彼の奥さんみたいだったよね？」

どうやらさくらも〝アサバ夫人〟たちの会話にしっかり聞き耳をたてていたらしい。

「そのようだったね。しかし」支払いを終えた鳴沢は店の重いドアを押した。「さくらちゃんがあの麻羽氏と知り合いだったとは」

「ううん」

「え？　ううん……て、じゃそれは？」

雑居ビルの地下に店を構える〈ストゥラーダ〉を出たふたりは並んで階段を上がった。

「実はね、ちょっと前に彼、うちのお店へ来たことがあるのだな」

「麻羽氏が〈ラビュリントス〉に？　へええ」

「一度だけだけどね。会社の飲み会かなにかの後で流れてきたって感じだった。あたし、前

から彼に興味あったから、ついそのとき、麻羽さんがトイレに立った隙《すき》にこっそりと、これ
——えへへ」

「おいおい、まさか盗み見したのか？」

だあいじょおぶ、この番号に実際にかけたことはまだないもん、うしっ、と悪びれもせずにはしゃぐさくらを見ているうちに鳴沢は妙な気持ちになってきた。

まてよ……まてまて、それって。先刻さくらに話そうとしてなかなか言語化できなかったもののイメージが急速にクリアになりつつある実感があった。が。

あとひとつ……ジグソーパズルで言えばピースがあとひとつ、なにか足りない苛立《いらだ》ちを脳裡で転がしながら階段を上がり切る。眼の前に繁華街の夜景が拡がった。

石畳の歩道へ一歩出たところで鳴沢の背後から、おずおずと男の声がした。

「……叔父さん」

鳴沢は危うく盛大に舌打ちしてしまうところだった。振り返らなくても誰なのか判る。甥《おい》の穂村浩雄《ほむらひろお》だ。鳴沢の亡き姉のひとり息子である。

いま二十二歳だが、一単位も取得できずに大学を中退した後、定職にも就かずにふらふらしている。その上、筋のよくない金貸しからの借金に手を出したりして周囲の者たちに迷惑をかけている。

ひとり息子を溺愛《できあい》しなにかと庇《かば》ってくれる母親が死んだ後、歳老いた甘い父親だけが頼りだったが、その唯一の味方が昨年長期入院を余儀なくされてからいよいよ切羽詰《せっぱつ》まってきたらしい。もともと異母兄弟たちから疎んじられていた浩雄は近親者たちから事実上、追放状態になった。

両親の猛反対を押し切って東京で結婚した姉は病死するまでついに一度も帰省しなかったので、よもやこちらに火の粉は飛んでくるまいと鳴沢は楽観していたのだが、甘かった。なんとか金を工面しなければと必死らしく、昨年の秋頃から何度も何度も鳴沢に電話をかけてくるようになった。

〈ねえ叔父さん、頼むよ。せめて当座の利息分だけでも払っとかないと、いよいよマグロにするかトンネルにするか、それとも腎臓か、究極の選択になっちまうんだよ〉

金がないなら身体を使え、マグロ漁船に乗るかトンネル工事に行くか、どっちか選べ、嫌なら腎臓を売れとヤミ金業者に脅される毎日らしい。ほんとうの話なのか、それとも金欲しさに誇張して言っているのか、鳴沢には判断がつかない。

もちろんどちらにしろ借金の申し込みになど応じるわけにはいかない。返せる当てがあるとは思えないし、一度でも肩代わりをしたが最後、死ぬまでたかられるのは火を見るよりも明らかだ。あの〈古我知学園〉創立以来の才媛《さいえん》の誉《ほま》れ高かった姉から生まれたとはとても信じられない、とことん出来の悪い、ろくでなしの甥なのだ。

（あのね、こんなこと言いたかないけどさ、おふくろはそりゃ遺産相続権、放棄した。しましたよ。だけどそれっておれ、関係ないじゃん。おれ、曲がりなりにも亡くなったお祖父《じい》ちゃんの実の孫なんだからさ、いまからでも遺産、分けてもらえる権利、あるはずじゃん。そうでしょ？　叔父さんが独り占めしてるのっておかしいよ。ね、法律的に言ってもさ。ね）

（ほんとうにそう思うのなら裁判でもなんでも起こせ。受けてたってやる）

甥にそんな度胸も余裕もないことを見越してそう怒鳴りつけると、果たしてすぐに腰砕け。

（って、いやいやいや、ぼくはそ、そんなつもりじゃなくて、ですね、だからあ、つまりい）

相手にするのもいい加減うんざりして鳴沢は携帯も自宅の固定電話もすべて着信拒否にして対抗していたのだが、まさか本人が東京から直接、しかも外出先にまで追いかけてくるとは思わなかった。まったく。

一旦は甥を無視して立ち去ろうとした鳴沢だったが、ふと足を止めた。まてよ。

はっ……と閃《ひらめ》いた。

あとひとつ、あとひとつ足りないと思っていたピースが降って湧いたかのように現れ、ぴたりと欠落部分におさまった。

「なんだよ、叔父さん、いいご身分じゃん、若い女の子と遊ぶ余裕なんかあって」

「東京からわざわざ厭味《いやみ》を言いにきたのか」

「ち、ちがうよ。ねえ、叔父さん、五分でいいからさ。話を聞いてくれない？」

「五分、ね」

「あのさ、マジで、お、おれ、けっこう役に立つと思うんだ。ほんとに。あの、つまり、傍《そば》に置いてくれれば。なんでもその、叔父さんのお役に立てると思う。いや、立てる」

免許を持っていなくて車の運転もできないやつにいったいなにができるっていうんだ——という冷笑はとりあえず引っ込めておくことにした。

「役に立てるって、例えば？」

「え。えと、た、例えば、そうだ、パソコンとかもけっこう使えるし」

「パソコン、ね」

最後のピースがおさまった図の全体像を、鳴沢は少し離れた距離から改めて眺めてみた。なるほど。そうか、そういう手もあり、か。

「さくらちゃん」

「ん？」つまらなそうに叔父と甥のやりとりからそっぽを向いていたさくらは小首を傾げた。

「やっぱり今夜、店へ行くわ」

「あそう」

「で、いま名刺、持ってないか、お店の」

「お店の。ああ、はいはい」ハンドバッグのなかから財布を取り出し、慣れた仕種で名刺を一枚、ぴらりと目許《めもと》でかざしてみせる。「はいどうぞ」

『ラビュリントス　科野さくら』と記されたその下に店の住所と電話番号が並んでいる。鳴沢はそれを浩雄に手渡した。

「わたしと彼女はこれからちょっと野暮用があるんで、おまえ、先にこの店へ行ってろ」

「え……と」浩雄は名刺とさくら、そして鳴沢の顔をせわしなく見比べる。「えと、それってつまり、どういう……」

「後からわたしたちも行く。それまでキープしてるボトル、飲んでていいぞ」

ぱっと破顔した浩雄は「わ、判った、判ったよ、叔父さん、じゃあ後で」と鳴沢の気の変わらぬうちにと焦ってか、いささか足をもつれさせ気味に夜の雑踏へと消えていった。

「なに、甥ごさん？」

「ああ」鳴沢はさくらを促し、歩き出した。「姉の忘れ形見さ」

「ふうん。ナルさんてお姉さんはいたんだ」

ほんのついさっきそう伝えたばかりなのに全然頭に入っていなかったらしい。

「もう死んだけどな」

「ほうほう、そうなんだ、ふうん」

相変わらず自分には興味のない話題と言わんばかりに露骨に上の空である。

「あいつ、浩雄っていうんだが、これからちょくちょく店のほうへお邪魔するようになるかもしれないんで、よろしく頼むよ」

「ん？　ほいほーい、そりゃあもっちろん」現金なもので、こういう話には喰いつきがいい。

「まっかせてぇ」

「さ、行こうか」このとき我ながら気色悪いほどの猫撫で声が鳴沢の喉からすんなり滑り出た。

「今夜はさくらちゃんになんでも好きなものを買ってあげるよ」

NOISE Ⅰ

マナーモードにしている堀北清次《ほりきたせいじ》の携帯電話に着信があった。ポケットから取り出して表示を見てみると『電話です　内村多賀子《うちむらたかこ》』とある。

お、と堀北は相好《そうごう》を崩した。先日デートで食事にいった際、つまらないことで喧嘩《けんか》してしまい、この一週間ほど多賀子とは会っていない。彼女からの電話もメールも来る気配すらなかったのだが、これはようやく雪解けってことか？

「ちょいと失礼しまっす」

横で壁に凭《もた》れかかってすっかり眠りこけている上司に律儀に声をかけた上、そのコップにおどけてビールを注《つ》いでおいてから堀北は座敷席から降りた。だいぶ酔っぱらっているせいで、いま何時頃なのかも気にしなかった。このときはまだ。

店の備えつけのサンダルを履き、すでに屋内に仕舞われている暖簾《のれん》を掻き分け、居酒屋の外へ出た。後ろ手に引き戸を閉める。気が急《せ》いていた堀北は軒下にぶら下がっている消えた赤提灯《あかちょうちん》に額をぶつけたが、相変わらず顔はにやけたまま。

「もしもーし？」

二〇一〇年、四月、花冷えの頃。

毎年恒例の公園での花見の後、堀北を含む一部の飲み足りない同僚たちが二次会へと流れた。居酒屋の主人が上司の弟なので、会社が翌日休みなのをいいことに看板後もだらだら居座っていてもお咎《とが》めなしだ。

「セイちゃんだよーん、はーいそうです、酔っぱらってまーす、なんちってな。はは」

耳に当てた携帯電話からいましも苦笑混じりの多賀子の声が流れ出てくるものとばかり堀北は思っていたのだが、違っていた。

『——は、おれがあずかっている』

聞こえてきたのは硬質の素材が軋《きし》むかのような、妙に罅《ひび》割《わ》れた高音の声だった。男なのか女なのか、はたまた若いのか年寄りなのか、まったく判断できない。

「な、なんだって？」

『彼女は、おれがあずかっている』

それがヘリウムガスかヴォイスチェンジャーを使った声音であるらしいと察し、堀北は困惑した。

「なんだ、おい。なんの冗談だ？」

どうやらこの電話は悪ふざけの類いらしい。しかし男友だちならともかく、どちらかといえば生真面目《きまじめ》な性格の多賀子にはそぐわない行為だ。これが例えば唐突な仲直りのための照れ隠しの演出なのだとしても。

『冗談なんかじゃない。彼女は、おれがあずかっている、と言っている』

普段の堀北ならこのあたりで、ふざけるな、と一喝して一方的に通話を切っていただろう。しかしこのときは嫌な予感が理性の片隅で蠢《うごめ》き、かろうじて思い留《とど》まった。

「彼女って、誰のことだ」

『おれがいまこうして使っているケータイの持ち主のことに決まってるだろ』

「おまえが多賀子をあずかってる、って、いったいどういう意味だそりゃ」

『早い話、誘拐したって意味だ』

誘拐……誘拐って、もしかしてあれか、よく刑事ドラマとかで観る、悪人が幼い子供を攫《さら》って親に身代金を要求するという、あれか？

って、おいおい、多賀子はもう二十七だぜ。誘拐の対象にするには歳をくいすぎてるんじゃねえの、などと妙に的外れな惑乱《わくらん》に陥っている堀北に相手は畳みかけてきた。

『一千万、用意しろ』

「いっ……は、はああ？」

『お手頃価格じゃないか。出血大サービスだ。ありがたく思え』

「ちょっと待て。一千万て、なんだそりゃ」

思わず大声を上げてしまった堀北をちょうど通りかかった野良猫が怪訝《けげん》そうに見上げ、威嚇《いかく》するみたいに唸《うな》ったが、気にする余裕もない。

『一千万は一千万だ。金だよ。一千万円。どうだ、身代金としちゃ破格の安さだろ』

「あのなおまえ、安いか安くないかなんて知るか。なんでそれをおれに要求するんだ」

『彼女の関係者なんだろ、きみ』

「関係者、つったって、身内でもなんでもない。赤の他人なんだよ」

自分がひどく冷たいものいいをしているという罪悪感にかられた堀北は、とっさにそれを糊塗《こと》するため、こう詰め寄った。

「だいたい、多賀子を誘拐したなんて、でたらめこいてんじゃねえよ。こっちが確認しようもないと思いやがって」

『確認したいのか。そうか。なら、さっさと家へ帰ってみることだな』

「なに？」

『もうそろそろ証拠の品が届いている頃だ。おれがたしかに内村多賀子をあずかっているという、動かぬ証拠が』

「届いている、って、おれんところへ？　嘘《うそ》つけ、こっちの住所も知らないくせ……」

堀北は絶句した。仮に質《たち》の悪い冗談にしろ、相手がいま多賀子の携帯電話を使っていることはたしかだ。遅ればせながらその事実の重大さに、じんわり冷や汗をかく。

多賀子の携帯電話にはもちろん堀北の番号が登録されている。彼女がそれといっしょに堀北のワンルームマンションの住所も入力してあるとしたら、こちらの個人情報は相手に筒抜けだ。言うところの証拠の品を送付するなり直接郵便受に放り込んでおくなりしていてもおかしくない。

『信じられないのなら自分の眼でじっくり、たしかめな。で、納得したら一千万、用意しとけ』

「ま、まて……だからさ、なんでおれにそれを言うわけ？　身代金なんてものは親とか身内に要求するもんだろ、普通」

『こっちは金さえ手に入りゃいい。誰が出してくれようが詮索しない』

「無茶言うな。こちとら、しがない田舎の零細企業の平社員だぜ。そんな大金、右から左へ工面できるわけないだろ」

『だったらきみが自分で彼女の家族に交渉して、なんとか金を出してもらうんだな』

「なんでおまえが直接、多賀子の家族に要求しないんだよ。なんでおれなんだよ」

『だから言ったろ。こっちは金さえ手に入りゃ、それでいいんだ。どうやって調達すればいいかを考えてやる義理なんかないってこと。じゃあな』

「ま、まて。待ってくれ」

『ぐずぐずしてたら、彼女の生命《いのち》は保証しない。いいか、判ったな』

「おいッ、お、おいッ……」

通話は切れてしまった。堀北は茫然《ぼうぜん》と自分の携帯電話を凝視《ぎょうし》した。

悪戯……だよな、これ？　そうだ、そうに決まってる。これは質の悪い悪戯だ。が。でもあいつ、たしかに多賀子のケータイを使ってかけてきた。ということは……ということは、どういうことになるんだいったい。

落ち着け、落ち着け、そう自分に言い聞かせながら堀北はようやく時計を見た。とっくに日付が変わっている。午前四時過ぎ。

多賀子は実家で両親と妹と同居している。自宅の電話番号を知ってはいるものの、さすがにこれからかけてみるのは憚《はばか》られる時間帯だ。

堀北は携帯電話の電話帳から森尾《もりお》君恵《きみえ》の番号を探し出した。職場はちがうが多賀子の親友で、堀北も何度かいっしょに飲んだことがある。明け方近くだから熟睡しているかもしれないと思いつつ呼び出してみると、ほどなくして応答があった。

『――はい』

聞き覚えのある君恵の声だ。

「あ、ど、どうもこんな時間にごめん。堀北ですけど……もしかしていま多賀子といっしょ、だったりする？」

息を呑《の》む気配が伝わってくる。嫌な予感にかられていると、君恵はまくしたててきた。

『じゃあ清次くんも、いま多賀子といっしょというわけじゃないのね？』

「ちがうよ。だからこうして……」

『たいへんなのよ。聞いて』

「な、なに、どうした？」

『多賀子がね、昨夜《ゆうべ》から家に帰ってきていないんだって。さっきご両親から電話があったの。事務所に問い合わせても留守電になってるし、なにか知らないかって。日付が変わってもなんの連絡もない、これはただごとじゃなさそうだから警察に相談するべきかと――もしもし？　もしもし、清次くん、聞いてる？』

堀北は聞いていなかった。居酒屋の備えつけのサンダルを履いたまま、自宅へ向かって未明の道を駈《か》け出していた。通話を切るのにも思い至らずに。

＊

「――で、自宅マンションへ帰り着いた堀北清次の郵便受に放り込まれていたのが、これです」

鑑識課のスタッフジャンパー姿の前浦尚芳《まえうらひさよし》はテーブルの上を示した。鑑識課室のスチール机の上にはビニール袋に入れられた大小さまざまの証拠品が所狭しと並べられている。

グレイのパンツスーツに長身痩軀《そうく》を包んだ城田理会《しろたりえ》は少し前屈《かが》みになって前浦の指さす封筒を見た。表に定規でボールペンを引いたような筆跡で、

『親展　堀北清次殿』


と記されている。開封するのにハサミなどを使わず力任せに引き裂いたらしく、堀北の名前の部分が大きく破れていた。

「なかに入っていたのが、これです」

前浦は破れた封筒の横へ指をすべらせた。透明のケースに入ったＤＶＤディスクだ。

「ちなみに封筒とＤＶＤのケースから、通報者である堀北清次のものを含む複数の指紋が検

出されています。そのうち堀北清次のもの以外で封筒とケースの両方から検出された指紋はひとつ――」

「それがもしかしたら犯人のものだと？」

「まだ判りませんが」

「ともかく犯人はこのＤＶＤを封筒に詰め、郵送ではなく直接、堀北清次の自宅の郵便受に入れていったと」

「内容はお聞き及びだと思いますが――」

理会は頷《うなず》いた。「監禁され、乱暴されている内村多賀子の映像ですね」

「はい。ホームビデオカメラで撮影されたものと思われます。複数アングルから同時録画し、多分パソコンを使ったのでしょう、十五分程度に編集されている」

「映っているのは内村多賀子であると確認されているのですか」

「まちがいないようですね。堀北清次は自宅のデッキでこのＤＶＤの内容を観るなり、警察へ駈け込んだ」

「そして同じ日の朝に彼女は――」

理会はスチール机の反対側へ回り込んだ。写真が数枚、並べられている。いずれもブルーシートにくるまれた状態で発見された内村多賀子の遺体を写したものだ。

「帰らぬひととなって発見された」

「朝の六時頃、河川敷をジョギングしていた住民が見つけ、通報してきた。ブルーシートを紐《ひも》で簀《す》巻《ま》きにしていたので、最初は粗大ゴミの不法投棄かなにかかと思ったそうです。が、人間の手らしきものが覗いているのに気づき、泡を喰った」

理会は写真を一枚、手に取った。紐をほどき、拡げられたブルーシートの上に仰臥《ぎょうが》する若い娘の遺体が写っている。

栗色のショートヘアが乱れ、黒っぽいスーツの上着と白いブラウスの前がはだけている。下半身には引き裂かれた下着とパンティストッキングが絡みついており、生地のあいだから覗く陰部と紙のような色白の肌のコントラストが人工物めいた質感を漂わせていた。

「彼女が内村多賀子、ですか」

「二十七歳。専門学校を出た後、ブライダルサロンに勤めていたそうです。市内の実家で両親と妹の四人暮らしだったとか」

遺体の細い首に、なにか光沢のあるものが巻きついている。

「死因は——」

「梱包《こんぽう》用のビニール紐と見られるもので首を絞められたことによる窒息死」

「死亡したのはいつ頃でしょう」

「堀北清次が素性不明の相手から脅迫電話を受けたのと同じ日の、午前零時から午前三時くらいまでのあいだではないかと推定されます」

「すると……堀北清次が脅迫電話を受けたとき、彼女はとっくに殺されていた、と？」

「そうなりますね、ええ」

「これが」と理会は別の写真を手に取った。「問題の被害者の携帯ですか」

銀色の携帯電話が、やはりブルーシートの上に置かれている構図だ。

「発信履歴を調べてみると、たしかに堀北清次の言う時間に、この携帯から彼の携帯へ電話がかけられていますね。現物はそちらに――」

前浦が指さす方向に理会は顔を向けた。ビニール袋に入っていた銀色の携帯電話を取り出すと、白い手袋を嵌《は》めた指でキーを操作する。

理会は電話帳を開いてみた。アイウエオ順に登録された名前をひとつずつ見てゆく。

『内村香奈子《かなこ》』『内村京香《きょうか》』『内村卓志《たくし》』とあるのは被害者の妹、母親、そして父親と思われる。それぞれの090から始まる携帯電話の番号が並んでいる。『内村京香』と『内村卓志』のあいだに『内村家』という項目があり、市外局番から始まる十桁《けた》の数字が並んでいて、これは自宅の固定電話のようである。

銀色の携帯の電話帳に登録されているのは約五十名。『堀北清次』の名前はそのリストの中間あたりにあった。０９０で始まる番号以外に、堀北のものとおぼしき住所も入力されていた。

キーを操作して理会は『内村』家のリストへ戻ってみた。こちらは三人とも電話番号だけで、住所は入力されていない。

他のリストも見てみると、電話番号といっしょに住所も入力されている者とされていない者の割合はほぼ半々といったところだった。

「なかなか几帳面《きちようめん》な性格だったようですね、被害者は」前浦は理会の手もとを覗き込んだ。

「全員でないとはいえ、これだけの人数の住所もいっしょに入力していたとは」

「几帳面だったかどうかはともかく、電話番号だけでなく住所が必要な場合もあったんでしょう。この携帯はどこから？　写真を見る限りでは遺体といっしょに発見されたようですが」

「そうです。被害者が朝、家を出る際に持っていたバッグも含めてすべてブルーシートのなかから。ちなみにこの携帯、犯人が使った後、きれいに拭《ふ》きとったのでしょう、被害者のものも含めて指紋はいっさい検出されていません」

「指紋が検出されていない？」

「はい。明らかに拭《ぬぐ》っていますね、きれいに。ハンカチかなにかで」

「ＤＶＤのケースとそれが詰められていた封筒にはそれぞれ同一人物のものと見られる指紋が残留していたのに……？」

「さっきも言いましたように、現段階でその指紋が犯人のものだと断定できませんが、両方に残っていたということはまず十中八九——」

顎《あご》に当てた手をときおり横へずらしてシニョンの後れ毛をいじりながら理会は考え込んだ。

「——内村多賀子はその日、ちゃんと出勤していたんですね」

「そうです。いつものように勤務して職場を後にしたのが午後八時頃。その時間に本人が自宅の固定電話に、これから帰ると連絡を入れています。その日の朝の段階では、今日は残業で遅くなるから夕食は要らないと母親に伝えてあったらしいのですが、予定よりも早く雑用がすんだのでやっぱりなにか用意しておいて欲しいという内容だったそうです。その発信履歴も残っていました」

「そしてその帰宅途中に拉致《らち》、監禁されたと」

「でしょうね。これから帰るとの連絡があったにもかかわらず、娘はいっこうに帰宅する気配がない。職場からは徒歩で二十分くらいの距離なのに、日付も変わってしまって心配になった家族は森尾君恵という多賀子の親友に問い合わせたが、彼女もなにも知らない。その直後、たまたま君恵に連絡してきたのが、脅迫電話を受けたばかりの堀北清次だったというわけです」

「その堀北清次ですが、内村多賀子とはどういう関係だったんでしょう」

「昨年、合コンで知り合って、ちょこっと付き合っていたようですね。堀北本人の弁によると、まださほど深い仲には発展していなかった、とのことですが」

「つまり被害者の夫でもなければ婚約者でもない、恋人と呼ぶのが適当かどうかも定かでない男性に敢《あ》えて犯人は脅迫電話をかけ、あまつさえ彼女の監禁暴行シーンを撮影したＤＶＤを送りつけた。被害者の家族を差し置いて……なぜでしょう？」

「被害者が電話帳リストのどの人物とどの程度親しいか判らなかったから適当に選んだ――とか？」

「だったら家族でもいいではないですか」

「携帯の電話帳では内村家の住所までは判らなかったから――というのは、ちょっと弱いですかね」

「家族の携帯も自宅の固定電話も番号は判る。おまけにアイウエオ順のリストでは家族の名前のほうが堀北のそれよりも遥《はる》かに早く出てきます。なのになぜ、そちらを避けたのか」

「やはりＤＶＤを送りつけることが犯人にとって重要だったから――じゃないですか」

「なんのために？」

「自分が内村多賀子を誘拐しているという、確実な証拠を示すために」

「だったら電話で彼女の声を家族に聞かせればそれですむ。いえ、そもそも脅迫電話をしたときにはもう彼女を殺している」

「なるほど。では、ＤＶＤを観せること自体が目的だった――とか？」

「観せること自体が……目的？」

「自己顕示欲の強い異常性欲者の類い、なのかも。ちょっと短絡的ですかね」

「いや、まだなんとも言えませんが。しかし堀北に一千万円用意しろと命令したときには、すでに犯人は内村多賀子を殺害していた。遺体といっしょに発見された被害者の携帯を使っているわけですから、脅迫電話をした後、あまり時間を置かずにブルーシートごと遺棄《いき》したものと考えられる」

「遺体が発見されたのが六時頃ですから、おそらくそうだったんでしょう」

「つまり犯人には最初から身代金を奪う意思はまったくなかった、そうは考えられませんか」

「かもしれませんね。身代金云々《うんぬん》はカモフラージュで、ほんとうは暴行目的だった。が、そんなつもりはなかったのについ勢いあまって彼女を殺してしまったので、営利誘拐を計画していたふうを装っておこうと――」

「すると殺害は予定外だった、と？」

「判りません。案外、最初から内村多賀子を殺すつもりで拉致したのかもしれないし」

「最初から殺すつもりだった……」

「だとすると、状況的に単なる怨恨《えんこん》とも思えない以上、殺人淫楽症《いんらくしょう》の類いという可能性も出てくるわけですが」

しばし腕組みし、銀色の携帯電話を凝視していた理会は我に返ったかのようにかぶりを振った。携帯電話をテーブルへ戻す。

「すみません、ただでさえお忙しいときにお時間をいただいているのに、あれこれ瑣末《さまつ》なことを訊いて前浦さんを煩わせてしまって」

「いえ、とんでもない。微力ながら警視のお役に立てれば嬉しいです」

「できればその、警視ではなく、城田と呼んでくださいな。遺体についてですが、首を絞められたこと以外になにか目立った傷跡とかは？」

「暴行を受けた際のものでしょう、膣《ちつ》と肛門《こうもん》にかなりひどい裂傷が見受けられます。そして両方から精液が採取されている」

「精液が？」

「おそらく犯人のものでしょう。O型です」

「精液が……」理会は眉根を寄せた。「残っていたんですか」

「あとDVDをご覧になれば明らかですが、拘束具によるものとおぼしき痣が遺体の手首と足首に残っていました」

「拘束具、というのは？」

「革製《かわせい》とおぼしきベルトをチェーンで繋《つな》いだものです。そちらは現物は発見されておらず、あくまでもDVDの映像から類推したものですが」

「すると遺体の首に巻かれていたビニール紐を使用するシーンは、映像のなかには……？」

「ありませんでした。ということは、犯人に殺すつもりはなかったのに暴行の過程でうっかり首を絞めてしまったという可能性はかなり低くなるかも。もちろん実際には使用していても編集でカットしたのかもしれませんが——ああそうそう、カットしたかもしれないといえば」前浦は自分の耳たぶの下を触れてみせた。「遺体の首筋に、微《かす》かですが火傷《やけど》のような痕《こん》跡《せき》がありました。どうやらスタンガンかなにかを押しつけられたのではないか、と」

「スタンガン？」

「DVDの映像では、犯人とおぼしき男がスタンガンなどを使って被害者に暴行するシーンはありません。いま言いましたように、あるいは編集でカットしただけなのかもしれませんが、もしかしたら被害者を拉致する際、抵抗力を奪うために使ったのではないか、と」

「スタンガン……」理会は首を傾げた。「最近、スタンガンを悪用した強盗事件かなにかが多発してませんでしたっけ？」

「ん。ああ、そういえばありましたね」前浦は自分の白い顎鬚《あごひげ》をいじりながら理会の真似をするみたいに首を傾げた。「主婦やＯＬが路上で襲われ、スタンガンで気絶させられているあいだに現金やカードなど洗いざらい持ってゆかれるという、なんとも荒っぽい手口の強盗で、明らかに同一犯。たしかこのところ三、四件、続発してたような気が」

「それ、被害者たちはどの程度の危害を加えられているんでしょう？」

「いや、たしかスタンガンで抵抗力を奪われた以外は特になにも。はい」

「被害者たちは犯人を目撃している？」

「ええ、似顔絵をつくったと聞いてますよ。たしか髭面でサングラスをかけてて――」自分も髭面でメガネをかけていることに思い当たってか、前浦は苦笑いを洩《も》らした。「まあ素顔を晒《さら》して強盗やるやつもめずらしいだろうから、いかにも変装臭いですけどね。スキーキャップみたいなものを被っていたそうですし」

「内村多賀子はどうだったんですか、貴重品に関しては？　なにか盗まれたりは――」

「さっきも言いましたが、朝持っていたバッグも遺体といっしょに発見されています。中味の財布、現金やカード、すべてが手つかずで残っていました。こちらは明らかに強盗目的ではないですね」

「そうですか……」

「なんですか、警視。って、いや、城田さん。それらの強盗事件と今回の殺人になにか関係がある、とでも？」

「……いえ、判りませんが。なにか気になって」気を執り直すかのように理会は肩を回した。

「――さて」と透明のケース入りのＤＶＤディスクを手に取った。「これが問題のビデオ、ですか」

「ええ。言うまでもないことですが、決して観て楽しい代物ではありません」

という前浦の声に被さるようにして鑑識課室のドアが開いた。

「あ、こちらにいらしたんですか」とスーツ姿の男が入ってきた。捜査一課の若手、馬飼野《まかいの》毅《たけし》だ。「城田さん、探したんですよ」

「なにか用だったの」

理会はＤＶＤデッキにディスクを入れた。

「なにか、って。いや、署長直々にですね、警視のお世話をおおせつか……って、ててて、それ、城田さん、そ、それってまさか？」

狼狽している馬飼野を尻目に理会はリモコンの再生ボタンを押した。

「だ、だめですよ、城田さん」

「ちょっと、なにしてんの。どきなさい」両手を拡げてテレビ画面の前に立ちはだかる馬飼野に理会はうるさげに手を振り払ってみせた。「観えないじゃないの」

「だめです、こんな。こ、こ、こんな。花も恥じらう乙女が観ていいようなものじゃありません。絶対にだめです」

「あいにくと乙女扱いしていただける歳じゃございませんの。いいからどきなさい」

理会がむりやり馬飼野を押し退《の》けると同時に画面にトラッキングノイズが走り、映像が再生された。約十五分の間、多賀子の凄絶《せいぜつ》な怒号や悲鳴、啜《すす》り泣きが延々と響く。

「しかしひどいことするよな」顔は背けたまま馬飼野はときおり横眼で理会の様子を窺う。「この後、殺されちゃうのかと思うともうむごくて、むごくて……とてもじゃないけど正視できない。こんなものをむりやり観せられた堀北氏には心から同情しますよ、ほんとに」

馬飼野とは対照的に理会は十五分間、瞬《まばた》きもせずに画像を凝視する。やがて映像は終わり、画面が暗転した。

再びリモコンの再生ボタンを押す彼女に気づいて馬飼野は半泣きになった。「え、って、し、城田さん、まだ観る気ですか？　も、もう、いいじゃありませんか、こんな鬼畜の所業――」

「悪いけど、ちょっと静かにしていてくれる」

再びビデオ映像が始まった。

先《ま》ず最初に映ったのは若い娘の顔のアップだ。栗色のショートヘアに現代ふうのメイク。意識がないのか、眼を閉じ、薄く開いた唇から白い歯が覗いている。

「改めて確認しますけど、これが？」

「内村多賀子です」前浦が頷き、補足した。「このオープニングショットだけ手持ちのカメラで撮っているようです。もしかしたら顔のアップを観せることで、これは彼女だとはっきり示すためなのかな。あとは複数の固定カメラで上や横から——」

映像が多賀子の全身のそれに切り換わった。黒っぽいスーツの上着に白いブラウス。スカートは穿《は》いておらず、薄い肌色のパンティストッキングに包まれた下半身が露《あらわ》になっている。

右手首と右足首とを、左手首と左足首とをそれぞれ革製とおぼしき拘束具で繋がれて、床に直接敷いたマットレスの上に仰向けに転がされている。このシーンから意識は戻っているらしく、多賀子はきょろきょろ不安げに瞳を瞬きさせながら周囲を窺っている。なんとか縛《いまし》めを解こうと足掻《あが》けば足掻くほど繋がれた右手首と右足首は右方向へ、逆に左手首と左足首は左方向へと逃げ、結果として自ら股間《こかん》を大きく拡げてしまう。

そんな多賀子の姿をカメラは彼女の右横から、足元から、そして左斜め上からそれぞれのアングルでひと通り映す。どうやら固定カメラは三台あるようだ。

（なに、なんなの）（どうなってるのこれ）（ここどこ）（ねえ、なんなのこれ、どうなってるのよ）と多賀子はどこに視線を据えたものか定まらぬ様子のまま、ときに心細げな哀願を、ときに居丈高な怒気を発するが、返答はない。

「この部屋って……ん」

なんとか股を閉じようと太腿《ふともも》をよじらせている多賀子を彼女の右横から撮ったショットに、理会はリモコンで一時停止した。

「これ、なにかしら？」

理会は多賀子の身体の背後に映っているものを指さした。馬飼野と前浦が同時に画面を覗き込む。

「オーディオセット……ですかね」自信なげに一拍置いてから前浦は馬飼野と頷き合った。「上にあるのはレコードプレイヤーで、その下がチューナーとカセットデッキ、かな。ずいぶん年代物のようですが」

「多分オーディオセット、でしょうね。すぐ横にあるのはスピーカーのようだし」

「じゃあこれは？」

馬飼野がスピーカーだと指摘したもののすぐ横を理会は指さした。大型スピーカーの横の壁に、なにか大振りの俎板《まないた》みたいなものが立てかけてある。

「なんでしょうね」前浦は眼を細めた。「専用ケースに入れたサーフィンボード？　にしちゃ少し寸詰まりか。違うな。なんだろう」

理会はリモコンの再生ボタンを押し、多賀子の足元からのショットのところで再び一時停止する。

繋がれた両方の手首と足首を左右に天井に向けて突き上げる恰好で大きく開脚させられた多賀子の股間が映る。パンティストッキングの生地越しに透けて見える下着と、恐怖に彩られた彼女の表情が縦並びに捉《とら》えられる。

「これ」理会が指さしたのはその多賀子の背後に映っているものだ。「なんだと思う？」

左右に大きく拡げられている多賀子の太腿のあいだからそれは覗いていた。

「この背景ってただの壁？　だとしたらこれはなに？　この半円形の棒みたいなのは――」

「車のハンドルを半分に切って寝かせた、みたいなかたちですね」馬飼野は頭を搔いた。

「お年寄りの転倒防止用の手摺《てす》り？　にしちゃ短すぎるか。なんだろう」

今度は左斜め上から多賀子を捉えたショットを一時停止する。

「この画面の右上――見える？　ここ、手前になにか、にゅっと突き出てるでしょ。なんだと思う」

「そういえば、えと、ペーパーナイフの先端みたいにも見えますね」

「篦《へら》……かな？　いや、判りませんが」

仰向けに転がされている多賀子の三方向からのショットがひと巡りすると、眼出し帽を被った全裸の男が出現した。部屋へ入ってくるシーンは編集でカットされているらしく、男はいきなり多賀子の太腿のあいだに身体を割り込ませている。

（なにッ、誰ッ、あんた誰よッ、なによこれ、なんのつもりよ、なにするの、やめて、やめなさいってば、やめてよッ）

最初のほうはまだしも峻烈《しゅんれつ》な怒気を孕《はら》んで威勢のよかった多賀子の抵抗も、徐々に嘆願混じりの泣き声に変じてゆく。

（やッ、嫌だ、嫌だってば、やめて、やめてよう、嫌だ、嫌だって言ってるでしょおおッ、帰して、こっから帰してよう、帰してったら、お、お願いッ、いやよう、い、いいいいやだったらあああッ、も、もう嫌あああッ）

パンティストッキングと下着がびりびり引き裂かれる。多賀子に男が覆い被さるシーンとふたりの性器結合部分のカットが交互に映る。

多賀子の悲鳴に混じって、どこか間延びした男の声がときおり流れた。

（産んでー、産んでー、ボクの子、産んでー）

幼児のように舌足らずな声音で妙な節回しをつけて口ずさむ。陰茎《いんけい》を挿入する自分の腰の動きに合わせて同じフレーズをただひたすら反復するその白痴的な単調さと、多賀子の悲痛な叫びとの対比がグロテスクだ。

（ほら、産んでー、産んでー、ボクの子、ほら、ほらほら、産んでー）

（ゆるさないッ、あ、あんたッ、絶対ゆるさないからねッ、そんなもの、被ってたって無駄よ。どこの誰なのか調べたら判るんだから、絶対。絶対に、あんたのこと警察に）

（産んでー、産んでー、ほら、ボクの子、産。おほううッ）

男がむりやり彼女のなかへ射精したとおぼしき瞬間、多賀子は歯茎を剝き出し金切り声を上げた。

（なッ、なにやってんのよあんたはッ、この、ば、馬鹿ッ、このば、ばばば）

あんたなんか人間じゃないという意味の放送禁止用語を駆使しての彼女の猛烈な罵声《ばせい》は、しかし画面の切り換えによって中断された。

次のシーンで多賀子はうつ伏せにされていた。上半身には黒っぽいスーツの上着とブラウスをつけたまま、両方の手首と足首も繋がれたままだ。為す術もなく身体を折り曲げてマットレスに顔を埋《うず》めている彼女の臀部《でんぶ》を男は中腰で抱え込み、尻たぶらの間に鼻面を埋めて中心部の裂け目をひたすら盛大な水音を立てて啜り上げる。

この頭の螺子《ねじ》の緩んだ変態という意味の放送禁止用語で男を痛罵《つうば》する多賀子の声は、しかし徐々に言葉にならない呻《うめ》きと啜り泣きに取って代わる。

（いッ、痛ッ、い、たたたッ、な、なにやってんのようあんたは、馬鹿なこと、ば、ばばば、いッ痛い痛いいいッ、ひッ、やだ嫌だ嫌だあああッ、や、やめてえええッ）

陰茎で肛門を刺し貫かれた多賀子は顔を歪め絶叫した。思うように身動きできない全身を揺すって泣きじゃくる。

（なによこれ、も、もうなんなのよう、なにするのよう、あんた誰よう、誰なのよもう、もうや、もうやだあ、もうやだよおおおッ、なんなのよもう、誰なのよもう、やだよもう、も、もう誰でもいいからゆるして、もうやめて、たす、たすけて、誰かたすけてええええッ）

くけっという珍妙な笑い声とともに男は全身を痙攣《けいれん》させた。再び射精したらしい。陰茎といっしょに白濁した液を多賀子の肛門が吐き出すや、唐突に映像は終わった。

馬飼野が思わず、ほっと洩らした吐息がやけに大きく残響する。

理会は暗転した画面に視線を据えたまま、腕組みをしてしばらく考え込んでいた。やがて独り言《ご》ちるかのように呟いた。

「……変ね」

「なにがです？」

「この男」と再びリモコンを手に取ろうとする理会を馬飼野が慌てふためいて止めた。

「も、もうすべてのシーンは頭に入ってますから。はい。なのでどうぞ再生なしで、この男のどこが変なのかをおっしゃってください」

「声を出してたでしょ」

「は？　ああ、あのビョーキみたいな鼻唄のことですか。ボクの子、産んでー、とかって。うう、気色の悪い野郎だ」

「犯人はこのＤＶＤが堀北清次の手から警察へ渡ることを当然予想していたはずよね。だったら自分の声紋という証拠を残してしまうとか、そんな心配しなかったのかしら？」

「だって城田さん、それを言うならこいつは自分の体液っていう決定的な証拠を残していってるんですよ。なにをいまさら」

「それはそうなんだけど……なんだか変なのよ」

「なにがですか」

「うまく言葉にできないけど、この映像、どこか違和感がある」

「違和感、といいますと」

「それがなんなのか、まだいまいちはっきりしないけれど、なにかが決定的にまちがっているような気がする。そもそも犯人はなぜこんなものを撮影したのかしら」

「なぜってそんな。合理的な理由なんかあるとは思えない。単にこいつが異常なやつだからでしょ。ビデオの内容もさることながら、この後内村多賀子をあっさり殺害しているという事実ひとつ取っても、殺人淫楽症の類いであることは明らかだ」

「そうかしら」

「そうでなければなんだとおっしゃるんです」

「なにか目的があってこんなビデオを撮影し、そしてわざわざ我々にこうして観せている……そんな気がするの」

「目的って、例えばどういう？」

理会はそっと首を横に振ってみせた。そして馬飼野と前浦の度肝を抜くような言葉を口にした。

「単なる勘だけど……この犯人、また同じような犯行を繰り返すつもりなんじゃないかしら。そんな気がする」

NOISE 2

「──ねえ、叔父さん、できればこの次はさあ、もっと若くてきれいな娘にしてくんないかなあ」

臨時の撮影スタジオとして使っている部屋から出てきて後ろ手にドアを閉めるとほぼ同時に浩雄はそう文句を言った。頭部全体を覆う眼出し帽と下半身に巻きつけたバスタオルだけの全裸姿だ。

「あんなおばはんじゃ、ねえ」

それぞれに小型ホームビデオカメラが取り付けられた状態で短く畳まれた三脚を三組まとめて、剝き出しの両腕に重そうにかかえて出てきた浩雄は一旦それらを縁側へ置いた。眼出し帽を毟《むし》り取ると汗に蒸れた頭髪から湯気がたった。

「なんつうか、お得感ゼロで」

「そんなことを言うわりにはずいぶん張り切っているようだったがな」

甥がたったいま閉めたばかりのドアの小さな嵌め殺しの覗き窓を皮肉っぽく顎でしゃくった鳴沢は、ことさらに見せつけるようにして腕時計で時刻を確認した。

「三回も出しておいてよく言うもんだ。さあ、ぐずぐずしていないで、すぐにDVDの編集をすませてもらおうか。この前と同じく、三時までに」

「ちょ、ちょっと待ってよ。先にシャワー、浴びていいかな。あのおばはん、なに喰ったのか知らないけど、水みたいなのを盛大に、おれにぶちまけやがってさあ」

よく見ると浩雄が腰に巻いたバスタオルにはところどころ黄褐色の染みがあり、微かに糞《ふん》便《べん》の臭気が漂っている。

「それはおまえの勝手だが、仕事は三時までにすませろよ。だいたいアナルセックスまでやれと強制した覚えはない」

「おれの好きなようにしていい、って言ったじゃんか。えと、相手の上着は脱がさないこと、それからストッキングもなるべく履かせたままでやること、だっけ。それさえ守ればあとは、って」

「そうだよ。それが先方の趣味だからな。が、粗相をされたのはおまえの趣味のせいだろ。自分の趣味の結果は自分の責任で後始末しろ」

「あーもう、この前の娘はよかったよなあ。可愛くてお肌もぴっちぴちで」三脚ごとビデオカメラを持ち上げながら浩雄はぶつぶつ愚痴を垂れた。「後ろも脱肛《だっこう》なんかしてなくて、それどころかびっくりするほどきれいなピンク色で、もう最高だったなあ。ちえっ。ああいう上玉がずっと続くと期待してたのによう。ねえ叔父さん、あの娘がまたここへ来てくれるなんて嬉しい予定はないの？」

「さっさと行け」わざとらしく動作をいちいちのろのろとしたものにする甥を鳴沢は睨《にら》みつけた。「だいたいこれはおまえの好みに合わせてやってるわけじゃないんだ」

「判んねえなあ。どう考えたってこういうの、若くてきれいな娘のほうがいいじゃん。ねえ。誰だってそうだよ。ねえ。この前のあの可愛い娘をもう一度使うべきですって絶対。ねえ」

まだぶつぶつ呟きながら浩雄は渡り廊下を歩いて母屋へ向かった。庭園灯の薄明かりを受けて陰影を刻むその後ろ姿が完全に見えなくなるのを待って、鳴沢は半円形のハンドルレバーに手をかけた。撮影に使っている部屋のドアを開ける。

前回、撮影の終わった浩雄と入れ替わりにこの部屋へ入ったとき真っ先に鳴沢の眼に留まったのは、マットレスに転がされて咽《むせ》び泣いている内村多賀子の姿ではなかった。部屋の奥、左側に鎮座《ちんざ》している銀色のドラムセットだった。

〈ＫＡＷＡＩ〉のロゴ入りのバスドラムを中心に、フロアタム、タムタム、スネア、ハイハットが整然と並び、その両側をスタンドにセットされた二枚のシンバルが固める。

ところどころ塗装が剝《は》げ落ち、見るからに古ぼけている。啓太の遺品だ。

あのとき鳴沢はたしかにある種の冒瀆《ぼうとく》的な後ろめたさを覚えた。これから啓太のドラムセットの前で内村多賀子を殺そうとしている己れをほんの一瞬にしろ途轍もなく忌まわしく感じもした。

だが今回は違う。もはやドラムセットはほとんど視界に入ってこない。部屋に入った途端、鳴沢が先ず意識したのは鼻孔《びこう》を刺す糞便臭だった。同時に頭部をドア側へ向けてマットレスに偃臥《えんが》している女の姿が眼に入る。

四十がらみの女だ。右手首と右足首とを、左手首と左足首とをそれぞれ革製の拘束具で繋がれて二つ折りになった体勢のままうつ伏せにさせられているため、本人の意思にかかわりなく腰を高く突き上げる恰好にならざるを得ない。

クッション素材の床をそっと踏みしめて鳴沢は女の背後へ回った。女の剝き出しの臀部が視界へ飛び込んでくる。

全身が横倒しになっていないのが不思議なくらい頼りなげにふらふら揺れている白い尻たぶらから太腿にかけて、浩雄が放出した精液混じりの糞便が放射状に飛び散っている。まるで自分の踵《かかと》をなんとか摑《つか》もうと足搔くかのように、女のマニキュアの爪の折れた手が虚《むな》しく宙を何度も引っ掻くたびに股間の肉襞《にくひだ》がひくひく収縮し、白濁した液が垂れ落ちた。

女は顔をマットレスに伏せて啜り泣いている。ときおり獣じみた唸り声とともに咳《せ》き込む彼女に鳴沢は横からそっと近寄った。素早く手袋を嵌めると、青白い光を放っているスタンガンを女のうなじに押し当てた。

ごっと嘔吐《おうと》するかのようなくぐもった悲鳴を発したきり悶絶《もんぜつ》してしまった女の首に、鳴沢は二重に巻いたビニール紐を絡みつかせた。そのまま渾身《こんしん》の力で左右に絞め上げる。

風船が破裂するような音とともに女は放屁《ほうひ》し、細いひと筋の精液混じりの糞便を噴き上げ、全身を大きく痙攣させた。絶命する。

女の死の手応えとともに陶酔《とうすい》めいた感覚が鳴沢の全身を包み込んだ。前回、内村多賀子を殺したときにも同じように降って湧いたそれ。

それは鳴沢が生まれて初めて経験する未知のエクスタシイだった。あるいは、すうっと心と身体がいっぺんに軽くなるような安寧《あんねい》と平穏に満ちたカタルシスと称すべきか。

浩雄にさんざん凌辱《りょうじょく》されてぐったりしている内村多賀子の首を絞め、生まれて初めて殺人を犯したときに唐突に降りてきたその奇妙に清々《すがすが》しい後味に、当初はさすがに鳴沢も大いに戸惑った。

内村多賀子を手にかけるまでは、ほんとうに自分に殺人なんかできるのかという不安のほうが大きかった。妄想のなかだけならば〝アサバ夫人〟や科野さくらなど数え切れないほど女を惨殺してきた鳴沢だが、いざ実行するとなると話は全然別だ。自分はほんとうにやり遂げられるのか、よしんば殺せたとしても罪の意識や後悔の念で精神が押し潰されてしまうのではないか？

迷いがなかったと言えば嘘になる。しかしこれは避けては通れない試練だ。自分の真の目的を達するためには鬼にも悪魔にもなるしかない。なんとしてでもやり遂げなければ、と。

そう己れを奮い立たせて内村多賀子を絞殺《こうさつ》した鳴沢だったが、予想していたのとはまるで正反対の達成感に満ち溢れている己れに驚いた。なんだ。なんなのだ、この胸のつかえがいっぺんに取れたかのような奇妙な清涼感は？

いや、解放感と呼ぶべきだろうか。なんというのか、積年の重い重い軛《くびき》からようやく放たれ、身も心も軽くなったような気がする。

え、軽くなった？　そんなまさか、仮にもひとを殺しておいて……いや、まちがいない。たしかにおれは軽くなっている。

殺人という行為は、自分が決定的な一線を踏み越えて人間ではないなにか別物に変貌してしまうことだと以前は漠然と思っていた。が、こうして第二の獲物である岡崎紫乃《おかざきしの》を殺してみて、鳴沢は改めて確信した。ちがう、と。

ちがう。おれは一線を踏み越えてなどいない、人間以外の異形のものに変貌してもいない、と。

自分のなかで起こったこと、それは単なる浄化作用なのだ、鳴沢はそう結論づけた。譬《たと》えて言えば、自宅の前に勝手にずっと放置されていた不潔なゴミ袋がようやく除去され、すっきりしたような感じ、それに近い。そうだ、鳴沢は清々しい気持ちで実感した。これでようやくゴミをゴミとして堂々と処分することができるようになったのだ、と。

なんとも形容し難い腐臭を発しているその物体、鳴沢の眼には明らかに生ゴミとしか見えない。しかしなぜか世間はそれをゴミとは認めず、従って回収もされずにずっと放置されてきたのだ。その邪魔な物体のかりそめの生命を潔く奪ってやることで、ようやく誰が見ても単なる生ゴミだと看做《みな》さざるを得なくなったというわけだ。

これでやっと大手を振ってゴミは単なるゴミとして廃棄処分できるようになった。これでせいせいしないわけがない。すっとした。ほんとうに、すっとした。

殺人を犯すことで――正確には女を殺すことで、自分は心が洗われている。そう思い当った鳴沢は快哉《かいさい》を叫びたくなるほどの解放感を味わう一方、うっかり底無し沼に足を突っ込んでしまったかのような恐怖をも同時に覚えた。

といってもそれは自分が完全に人間性を失って鬼畜と化してしまったことに対する恐怖ではない。この清涼感にも似た陶酔ゆえに殺人が癖になって止まらなくなり、本来の自分の目的を見失ってしまうのではないか、という懸念だ。

これは危ない……新しい発見を前に鳴沢は戦慄《せんりつ》した。その戦慄すらもどうかすると未知の官能にすり替わりそうな危うさを孕んでいる。

もしかしたらおれは決して手を出してはいけない麻薬の味を覚えてしまったのかもしれない……鳴沢はそう思い当たった。なのであれば、くれぐれもこの独特の体感をもたらす殺人という行為を癖にしたりはせぬよう自重しなければ、と。

鳴沢にとって殺人はあくまでも最終的な目的を達するための手段に過ぎない。だから当初はどちらかといえば嫌々ながらも乗り越えなければならぬハードルという捉え方だった。なのにそれが呆気なく一変してしまった。

自分にとって女を殺すことはセックスよりも遥かに強烈な快楽をもたらす行為だったのだ。これに一旦味を占めてしまったが最後、もうもとには戻れないかもしれない。本来の目的を達した後も、おれはこのエクスタシイを追い求めるあまり、不必要で無軌道な殺人を繰り返すようになってしまうのではあるまいか？　鳴沢が懸念しているのはまさにその危険性だった。

いま女を次々に拉致して殺しているのは単なる下準備なのだ。あくまでも手段に過ぎない。そのことを重々わきまえろ。

手段が目的化してはならない。破滅してもいいのなら話は別だが、我が身が可愛いのであれば殺人のための殺人など断じて避けなければならない。が、しかし。しかし……だ。

結局おれは自分をコントロールできなくなるかもしれない、そんな予感もした。おれを止められる者は誰もいない。誰も、だ。たとえ、そう。

たとえいま仮に啓太が生きていたとしても……鳴沢は思った。啓太でさえおれを止めることはできまい、と。

最終的におれは本来の目的に関係なく犯行を繰り返す冷血無比《れいけつむひ》な殺人鬼に堕《だ》してしまうかもしれないが、まあそうなったらそうなったときのことだ。いまは先のことをあれこれ心配しても始まらない。鳴沢は悩むのをやめた。それより浩雄が離れへ戻ってくる前に作業を終えておかないと。

先ず岡崎紫乃の手足から拘束具を外す。首に喰い込んだビニール紐はそのままにして遺体をブルーシートにくるんだ。ロープでぐるぐる巻きにするが、後で彼女の携帯電話をいっしょに詰め込まなければならないので端に少し隙間をつくっておく。そしてホームセンターで材料を揃えて手作りした台車に遺体を乗せた。

鳴沢はドラムセットの横の通用口を開けた。離れの裏手のガレージに通じていて、バンのシートを畳んだ後部座席へ、遺体を積んだ台車で直接乗り入れられるようになっている。

これなら独りでも人間の遺体を楽に搬出できる。かつては重い楽器やアンプを効率的に運搬するためにわざわざ造ってもらった通用口だったが、鳴沢の亡き両親もまさか成人した息子がこういう利用方法を編み出すことになるとは夢にも思わなかっただろう。

前回、内村多賀子の遺体を運び出したときには、さすがに鳴沢の脳裡に両親の面影が浮かんできた。特に父の顔が。

息子がピアノのレッスンに通うことにはあまり好《い》い顔をしなかった父だが、鳴沢が学校の同級生たちといっしょにバンドを組みたいと言い出したときの反応は意外や好意的だった。あるいはそこに息子の自立心の萌芽《ほうが》を見ていたのかもしれない。金銭的援助も含め鳴沢のバンド活動への協力は惜しまなかったものだ。

前回はそんな亡き父への冒瀆的な後ろめたさを少し覚えた鳴沢だったが、今回はそんなものは微塵《みじん》もない。むしろ金も含めて父の遺《のこ》してくれたものをこうして凶悪犯罪に悪用することに対するある種の爽快感すらあった。それはあるいは思春期に絶対的独裁者である父にずっと抱《いだ》いていた畏怖《いふ》の反動だったのかもしれない。

鳴沢は台車から遺体を、バンの後部座席に敷いてある段ボールシートへ移した。このシートを滑り台に見立てて車外へ伸ばせば、労せずして遺体を戸外へ遺棄してこられる仕組みだ。

ここまでは順調にこなせた。さて問題は……鳴沢は赤い携帯電話を手に取った。

岡崎紫乃のものだ。携帯の電話帳を開き、登録されているリストを再度チェックした。手袋を一旦外し、素手でキーを操作する。

これはちょっと失敗だったかな……鳴沢は低く舌打ちした。

日付的には昨日の夜、独りで歩いていた岡崎紫乃の隙を衝《つ》いてスタンガンで気絶させ、バンのなかへ引きずり込んだ。

早速彼女の携帯を調べてみると、電話帳に登録されている名前にはほとんどすべてその人物の電話番号といっしょに自宅の住所も入力されている。これは当たりだと、そのまま即座にバンで彼女をここへ連れ込んだのだが。

改めて岡崎紫乃の携帯の電話帳をチェックしてみると、自宅の住所が入力されており、なおかつそれが男性名だと推定され得るデータは『名取泰博《なとりやすひろ》』ひとり分だけなのだ。

もちろん他の名前も字面だけでは迂闊《うかつ》にその性別を断定できない。例えば『美穂』は『みほ』という女ではなく『よしお』という男かもしれないし、『雅美』は『まさみ』という女ではなく『まさよし』という男かもしれない。直接その人物に会ってみない限り判らないわけだ。が、問題はそんなことではない。

明らかに〝犯人〟は被害者の携帯の電話帳のなかから男だと判断できる人物を選んでＤＶＤディスクを送りつけている——鳴沢が設定したいのはそういうストーリーなのだ。

仮にこの『名取泰博』がすでに死亡していたり、あるいは入力されている住所にはもう住んでいなかったりしたらどうしたらいい？　前回の内村多賀子の場合、住所も入力されている男は堀北清次だけではなかった。従って堀北がハズレだったら別の適当な名前を選べばそれでよかったから、一発でアタリを引かなくても大丈夫だと気楽にやれたのだが。

今回はさて、もしも『名取泰博』がハズレだったらどうすればいい？　他の適当な女性名に宛てて間に合わせるしかないか？

鳴沢は考えてみた。〝犯人〟が男女分け隔てなくDVDを送りつける相手を選んでいる——警察にそう判断されることで生じるデメリットはなにかあるだろうか？

しばらく考えてみたが結論は出なかった。まあ仕方がない。もう岡崎紫乃は殺してしまったんだし。ともかく『名取泰博』に当たってみてハズレだったらそのときにまた考えよう。

鳴沢は再び手袋を嵌めた。ハンカチで岡崎紫乃の携帯電話を丁寧に拭う。

それにしても……鳴沢は首を傾げた。『名取』という名前、どこかで聞いたことがあるような気がするのだが。はて。

なかなか憶《おも》い出せないが、あれこれ考えごとばかりしていると時間がなくなってしまう。

鳴沢は汚れたマットレスをかたづけた。これはもう洗っても無駄だ。廃棄処分にする。

室内をざっと掃除し終わった頃、浩雄が戻ってきた。白いバスローブ姿で頭髪が濡《ぬ》れている。素手に持った透明のケース入りのＤＶＤディスクをぶらぶら振ってみせた。

「ご苦労。そこの」と鳴沢はドラムセットのフロアタムの上に置いてある封筒を顎でしゃくった。「それに入れておいてくれ」

浩雄は言われた通りにした。素手で。「封、しとかないでいいの」

「後でやっとく」

「さっきのおばはんは？」

「帰ったよ、いまお迎えがきて」

「ねえ、いまのあれでさ、あのおばはん、いくらギャラがもらえんの」

「さあな。なんでそんなことに興味がある」

「おれより多かったら嫌だなと思って」

「しみったれたこと言ってんじゃない。いい酒、買ってあるから、一杯ひっかけて休め」

「酒といやあさ、今度はいつ行くの？」

「ん？　ああ――」〈ラビュリントス〉のことかと思い当たり、苦笑する。「いつでも行けばいいじゃないか、おまえひとりでも」

「ほんとにいいの？」

「わたしのつけで飲んでいいかってことか？　まあほどほどにな」

「んじゃ、さくらちゃんになにか買ってあげてもいい？　叔父さんのカードで」

「ばか、調子に乗るな。さっさと休め」

「叔父さんはどうすんの、これから」

「家に帰るよ、もちろん。これを」手袋を嵌めた手でＤＶＤの封筒を掲げてみせた。「先方に届けてからな」

「なにそれ」

「ん？」

「それ」と浩雄は怪訝そうな表情で自分の手を撫でてみせた。「なに」

「なにって、手袋のことか？　これがどうした。なにか珍しいのか」

「だってもうそんなに寒いわけないっしょ、五月なのに」

「なに言ってんだ、おまえ、もしかして運転するとき、手袋をしないのか」

「え、叔父さん、するの？　いちいち」

「あたりまえだ。普通するだろ。汗で滑ったりしたら危ないじゃないか。あ、そうか。おまえ、免許を持っていないんだったな。だから知らないんだ」

「いや、そういう問題じゃなくて、しないから全然、普通は」

「じゃあまた連絡する。それからくれぐれも言っておく。たまにさくらの顔を見にゆくくらいならいいが、あんまりふらふらふらふら、あちこち出歩くんじゃないぞ。いいな」

「はあい。次はいつ？」

「さあな。先方次第だ。案外すぐかもしれん」

例えば自分の携帯の電話帳に知人たちの名前をフルネームではなく『みっちょ』とか『よっすぃ』とか渾名《あだな》でデータ登録しているような娘にばっかり当たったりしなきゃな――と鳴沢は声に出さずに付け加えた。

「改めて言っておくが、このバイトのことは誰にも言うなよ。もしも他言したら今度こそ縁を切らせてもらうからそのつもりでいろ」

「はいはい」

「酔っぱらってうっかり店の女の子に洩らしたりしてみろ、そのときは冗談じゃなくて、ここから叩き出すからな」

「わ、判ってます、判ってますって。肝に銘じてますって。そうなったらマグロかトンネルか腎臓か、だもんね」

浩雄が果たしてヤミ金に手をつけていたのかどうか、鳴沢はいまでは少し疑わしく思っている。もしもほんとうに債務者をむりやりマグロ漁船に乗せたりトンネル工事へ行かせたりするほど強引な取り立てをする業者ならば、いくら叔父に金を無心するためという口実があろうとも、浩雄をあっさり東京から脱出させたりしないはずではないかという気がするからだ。

　まあ実情はともかく浩雄が金に困っていることはたしかだろう。鳴沢にとって甥の人生など知ったことではない、自分の手駒《てごま》として思いどおりに動いてくれればそれで充分だ。

　鳴沢が撮影用の部屋に鍵を掛けると、浩雄もあくびをしながら「んじゃ、おやすみ」と再び渡り廊下を歩いて母屋へ戻っていった。

　鳴沢は縁側から沓脱《くつぬ》ぎ石へ下りた。靴を履いて庭へ出ると、ぐるりと離れの建物を回ってガレージへ向かう。

　岡崎紫乃の遺体を積んだバンの運転席に乗り込むと、先ず鼻の下に変装用の口髭を付けた。次にスキーキャップを被《かぶ》って頭髪を覆い隠す。

　車内灯を点《つ》け、バックミラーを覗き込んでみた。やはり完璧だ。さくらの見立て通り何度確認してみてもたしかに〝ダブル〟によく似ている。

　キーを回してエンジンをかけると鳴沢はバンを発車させた。広大な実家の敷地内から出る。あとは安全運転を心がけるだけだ。

　岡崎紫乃の携帯に入力されていた『名取泰博』の住所へ向かう。市の中心部からアクセスのいい立地の、わりと高級どころのマンションだ。

ここが名取某《なにがし》の自宅か？　前回の堀北清次の古ぼけたマンションは、ざっと見ただけなので断定できないものの、どうも防犯カメラが設置されている様子はなかったが、今回のこの手の新築物件ならばまず心配あるまい。

なかなか羽振りのよさそうなやつだ、そう思ったとき鳴沢はふいに憶い出した。あ、そうか。名取泰博って、あいつか。名取御大《おんたい》の息子だ。

通称・名取御大こと名取泰博の父親と鳴沢の父親は、ほんの一時期だったがその昔、共同経営者だったことがある。ビルやマンションのメンテナンス業だ。時流に乗ってかなり莫大《ばくだい》な利益を生んだらしいが、経営権を第三者に譲渡した後、その会社は左前になったと聞いている。

そういえばたしか中学生の頃だったのでもう三十年以上も昔だが、会食かなにかの席で父親に引き合わされて鳴沢も名取御大の息子の泰博に会ったことがある。もちろん当時すでに社会人になっていた先方が、たった一度紹介されたきりの少年時代の鳴沢のことなんか憶えているとは思えないが。

ふうむ、偶然とはいえこれは珍妙なことになっちまったな……名取泰博のマンションを一旦やり過ごしてハンドルを操りながら鳴沢はまたもや思い悩む羽目になった。

大昔にたった一度しか会っていないとはいえ、まさか曲がりなりにも面識のある人物を引き当てるとは予想していなかった。世間は狭いと言うべきか。しかし。

さて、どうしたものか……このまま予定通り名取泰博に脅迫電話をかけた上で彼の郵便受にDVDを放り込んでおくべきか否か。

まさか父親同士がかつての知り合いだという線から鳴沢が警察に目をつけられる、なんてことはまずあるまいとは思う。思うが、しかし。

これからすべてが計画通りに進行すれば、鳴沢はいずれ自ら表舞台へと姿を現さざるを得なくなる。いざそうなったとき、こうした細かい不測の事態が果たして全体的にどういう影響を及ぼすのか……あれこれ考えてみたが、判らなかった。まったく予測がつかない。

悩んでいても仕方がない。マンションの近くの適当な場所にバンを停車させた鳴沢は、先ず定規を使って封筒にボールペンで『親展　名取泰博殿』と表書きをした。さきほど浩雄が素手で触れた封筒に。

もし『名取泰博』がハズレだった場合、すぐに詰めなおして対処できるよう、こちらは浩雄は触れていないものの予め《あらかじ》〝ダブル〟の指紋を付着させた予備の封筒を用意してある。

鳴沢はサングラスをかけ、バンから降りた。声を変えるためのヘリウムガスを吸っておいてからマンションの玄関の自動ドアをくぐる。防犯カメラを意識しつつ、屋内の郵便受へ向かった。

防犯カメラの映像を解析した警察は鳴沢が手袋を嵌めていることに気づくだろうか？　もしも気づいた場合、〝犯人〟は手袋を嵌めているにもかかわらず封筒とDVDのケースには指紋が付着しているという事実にどう説明をつけるのか。〝犯人〟はビデオの編集作業中、そんなつもりはなかったのにうっかり素手で触れてしまった——多分そう判断されるだろう。多少は疑われるかもしれないが、最終的には必ず。そう、必ず。

鳴沢は『名取』の表札が出ている郵便受に封筒を押し込むと同時に、岡崎紫乃の携帯電話を取り出した。できれば手袋を外して操作したかったが、いまはそうはいかない。踵《きびす》を返しながら電話帳リストの『名取泰博』の番号を選択し、耳に当てた。現在午前四時。

前回の堀北清次はどうやらだらだら飲み会の最中だったようで、こんな時間帯だというのにすぐに応答したが、さて今回はどうだろう。もちろんもしも『名取泰博』が電話に出なくても、留守録にメッセージを入れておけばいい。それで充分、目的は果たせる。

NOISE 3

「――状況からして最初から、先月に起こった内村多賀子強姦殺人事件と極めて酷似していた」

五月。大型連休が終わった翌週。

合同捜査本部の置かれた会議室のホワイトボードにマグネットで留めた写真を古市《ふるいち》は指さした。

「早朝五時頃、散歩していた近所の住民が、コインパーキングに放置されている不審物を発見し、通報してきました。これがブルーシートで簀巻きにされた女性の他殺死体だった」

古市の説明に耳を傾けながら一課長、鑑識課長、捜査主任、所轄《しょかつ》署長などの面々は手もとの書類に眼を落とす。

「被害者の名前は岡崎紫乃、四十一歳、独身。市内で化粧品店を経営していました。関係者たちの証言などをまとめると、前日の夜、店仕舞いを従業員に任せて普段よりも早めに店舗を出た彼女は、徒歩で自宅へ向かう途中のどこかで拉致されたものと考えられる」

古市はホワイトボードに『7：00PM〜』と書き込んだ。

「普段よりも早めに帰宅の途についた理由はその翌日、商談のため朝一番の大阪行の飛行機に乗る予定になっていたからとのことです。午後七時に店を出た岡崎紫乃は馴染《なじ》みのダイニングバーに電話し、夕食のためでしょう、席を予約している。彼女の携帯の発信履歴を調べてみると、店へ電話した時刻は七時十分でしたが、くだんのダイニングバーに岡崎紫乃はついに姿を現さなかった。彼女の化粧品店からそのダイニングバーまでは徒歩で二十分ほどの距離ですが、おそらくその途中で何者かに拉致されたものと考えられる」

古市はさらにホワイトボードに『〜7：20？』と書き込む。

「さきほども言いましたように、日付が変わった早朝五時頃、遺体となって発見された際の岡崎紫乃は半裸姿で、死因は先月の内村多賀子と同じく梱包用のビニール紐で首を絞められたことによる窒息死でした。そして、これまた内村多賀子と同じく生前、性的暴行を受けた痕跡があった。両方の手首と足首に拘束具のものとおぼしき痣が残っていた点もまったく同じです」

「遺体から精液が採取された、と聞いたが」

「はい。これが内村多賀子の遺体から採取されたものと同じO型だった。そしてさらにDN

A鑑定の結果、同一人物のものであると断定されました。つまり内村多賀子を殺害したのと同一犯による連続強姦殺人事件であるとはっきりしたわけです。にもかかわらず」

それまで淡々としていた古市の口調が少し苦々しげに尖った。

「ひとつだけ内村多賀子のケースと異なる点があった。それも極めて重大な相違です。それは当初、岡崎紫乃の凌辱シーンを撮影したDVDディスクが今回、被害者の関係者の誰にも送られてこなかったらしい、という状況であったこと。いえ、実際には送られてきていたのですが、ディスクを受け取ったその人物は敢えて黙《だんま》りを決め込み、警察へ通報してこなかった」

「その人物は生前の被害者と不倫関係にあり、それが妻にばれるのを恐れた、と聞いたが」

「その通りです。犯人から送られたとおぼしきDVDディスクを受け取っていたのは名取泰博、五十七歳。岡崎紫乃の化粧品店がテナントに入っている貸しビルのオーナーで、妻子持ち。彼は岡崎紫乃の遺体が発見されたのと同じ日の午前四時頃、彼女を誘拐したから身代金を用意しろという主旨の脅迫電話を受けた」

「すみません、その電話は——」城田理会が手を挙げて訊いた。「携帯で？」

「あ、はい。そうです。名取の携帯へかかってきたそうです。最初はそれが岡崎紫乃の携帯との表示が出たものだから、てっきり彼女からだと思っていたら、ヘリウムガスかヴォイスチェンジャーを使ったとおぼしき変な声で脅迫された」

「岡崎紫乃をあずかっている、無事に返して欲しければ金を用意しろ、と。その金額は今回も——」

「はい、一千万円だと言ったそうです。用意しないと彼女の生命は保証しないと脅しておきながら、その段階ですでに岡崎紫乃を殺害していた点も内村多賀子のケースとまったく同じです」

「彼女の死亡推定時刻は？」

「遺体が発見された日の午前零時から午前三時までのあいだと考えられます。名取泰博は、誘拐なんて悪戯だと突っぱねようとしたが、相手は証拠を見せると言う。その点も前回とまるで同じ。脅迫者は、自分が岡崎紫乃をあずかっているという動かぬ証拠を見せるから、さっさと自宅へ帰ってみろ、と。そうすれば——」

「何度もすみません」理会はやや釈然としない面持ちで再び手を挙げた。「自宅へ帰ってみろ、と脅迫者は言った。その文言は正確ですか？」

「え。あ、えと、はい」古市は慌てて手もとの書類を確認した。「そうです。自宅へ帰ってみろ、と言われたそうです」

「すると名取はそのとき、外出していた？」

「いえ、家にいたんだとか」

「家にいたんですか？　なのに脅迫者は、帰ってみろ、と言った。ということは――」

「家といっても正確には自宅ではなく別宅なのだとか――すみません、このあたり少しややこしいので一旦整理します。名取は妻子の住む本宅以外にマンションを幾つか持っているのだそうです。脅迫電話を受けた際、彼がいたのはこのうちのひとつで、建前は仕事関係の資料置場を兼ねた事務所ということになっているのですが、実情は主に岡崎紫乃との密会に使っていたようです」

「朝の四時にそういう別宅にいたということは、例えばそのとき岡崎紫乃以外の女と会ったりしていたとか？」

「いや、ひとりだったと言っています。仕事上の付き合いで朝まで飲んでいてふらふらで本宅まで帰るのもめんどうだ、最後にどんちゃん騒ぎをした店がたまたまその事務所から近かったものだから、そこで眠っていくことにした。部屋に入るのとほぼ同時に携帯に着信があったそうです。てっきり岡崎紫乃からだと思ったから、ちょうどいい、いまからこっちへ来いと言おうとしたところ、まったく別人の変な声で身代金を要求された、と」

「そして、岡崎紫乃をあずかっているという動かぬ証拠を見せるから、さっさと自宅へ帰ってみろ、そう言ったということは脅迫者は名取の本宅がどこか知っていた、と――」

「いえ、とは限りません」

「といいますと」

「脅迫者が使った岡崎紫乃の携帯の電話帳には名取泰博の携帯の番号といっしょに彼の住所も入力されていたのですが、これが本宅ではなく、密会用のマンションのほうだったのです」

「密会用のマンションのほうだった？」

「犯人はこの電話帳を見て、ＤＶＤを放り込んでいったものと思われる。実際にマンションの郵便受のなかに封筒が入っていたそうですから」

「まってください、すると犯人はその密会用マンションが名取泰博の自宅だと思い込んでいた……ということですか？」

「ということになりそうですね、はい」

「その自宅だと思い込んでいる当のマンションにいる名取に向かって、自宅へ帰ってみろと促す、ということは……」

「この点は前回とちょっとちがいますね。内村多賀子を誘拐したと脅迫された堀北清次は電話を受けたとき、会社の同僚たちといっしょに居酒屋にいた。そんな彼に自宅へ帰ってみるよう促すのは、言ってみれば自然な流れですから、正直、なにもひっかかっていなかったのですが……」

「そのときマンションにいた名取にも家に帰ってみるよう促したということは、脅迫者は相手が在宅中かそれとも外出中かを確認してから電話してくるわけではない、ということになりそうですね」

「あのう」馬飼野がおずおずと口を挟んだ。「それになにか意味が……？」

前を向いたままそっと首を横に振った理会は古市に頷いてみせた。「すみませんでした。どうぞ続けてください」

「えと。電話を受けた名取は、脅迫者が言うところの自宅とは本宅のことだと思い、慌てて帰ろうとした。するとマンションの郵便受になにか差し込まれている。見てみると『親展 名取泰博殿』と記された封筒で、開封してみると中味はＤＶＤディスクだったそうですが、名取はこの内容を観もせず、その日の朝が本宅のゴミの収集日だったのをいいことにケースごと遺棄してしまったんだそうです」

おいおい、と低めながらも忌まいましげな呟きがあちこちから上がった。

「なぜそんな真似をしたのかと問い詰めると、とにかくかかわり合いになるのが嫌だった、と。岡崎紫乃がほんとうに誘拐されたのかどうか判断できなかったが、へたに警察に通報したりしたら彼女との不倫関係が妻にばれるかもしれない、それだけはどうしても避けたかった、と」

「まるでことの重大性が判っとらんな。立派な証拠隠滅だぞ」

「名取からこの話を聞き出せたのは、遺体が発見されてから三日後。一帯のゴミ袋はとっくに処分されており、問題のＤＶＤを回収するのは不可能でした」

「しかしどうして」所轄署長がメガネを直す仕種とともに確認する。「犯人が名取泰博という人物に接触していると判った？」

「さきほども話に出た岡崎紫乃の携帯電話です。内村多賀子と同様、貴重品も含めて彼女の持ち物は手つかずのまま遺体といっしょにブルーシートにくるまれ、遺棄されていた。ここまで状況が前回と酷似しているのに、今回は脅迫電話を受けたとされる人物が名乗り出てきていない。もちろんなにがなんでも前回とすべて同じでなければいけないという話ではありませんが、もしやと思い、岡崎紫乃の携帯の発信履歴を調べてみたわけです。するといちばん新しい履歴は、彼女が死亡したと思われる日、名取泰博という人物へかけられていた」

「それで彼を呼んで、話を聞いてみたわけか」

「最初はしらを切っていましたが、もしも携帯の最後の発信履歴が犯人ではなく岡崎紫乃本人のものだったという前提で話を進められた場合、生前の彼女の声を最後に聞いたのは名取だという理屈になるわけですから、そうなると自分も容疑者候補に挙げられる恐れがあると小賢《こざか》しい知恵を働かせ、不安になったようです。妻に不倫がばれるのもやむを得ないと諦め、岡崎紫乃の携帯を通じて犯人から接触があったことを結局は認めました」

「が、犯人が郵便受に投げ入れていったとされるＤＶＤはパー、か」

「おそらく前回と同様、岡崎紫乃が暴行されているシーンが撮影されていたと思われますが、こればかりは現物が存在しないことにはなんとも」

「こういう場合、脅迫されるのは被害者の身内と相場が決まっているものだが、なぜ犯人はその名取某へ電話したんだろうな」

「さっきも言ったように岡崎紫乃の携帯の電話帳には名取泰博の携帯の番号と密会用のマンションの住所が入力されていました。犯人が被害者と名取の不倫関係を知っていたかどうかは不明ですが、おそらく彼女の電話帳のなかから適当に選んだのではないか、と」

「身内を差し置いて？」

「岡崎紫乃は独り暮らしで、両親は他界しており、結婚歴もなく子供もいない。兄夫婦が県外に住んでいるそうですが、どういう経緯からか現在はほぼ音信不通になっているとか。彼女の携帯の電話帳にも兄夫婦の連絡先は入っていない。身内を差し置いて名取が脅迫されることになったのはそのへんの事情もあるのかも」

「しかしその名取某の言い分が事実だとしたらだ、前回に続き犯人は被害者の暴行シーンをわざわざ撮影した上、それを関係者に送りつけたということになるわけだが。なんだってまたわざわざそんな無防備な真似をする？」

「たしかに。眼出し帽を被って顔を隠しているとはいえ、自分の全裸姿が映っているんですからね。しかもかなり高画質のカメラを使っているので、解析の結果次第では人相も含めていろんな情報を得られるでしょう。わざわざ証拠を提供してくれているようなものだ」

「若い男なのだろう？」

「身体つき、肌の張り具合からして多分二十代、もしかしたら十代後半という可能性もあります。この男の単独犯ではなく共犯者がいる可能性ももちろんあるわけですが、いずれにしろあんまり利口とは思えない。おそらく露出癖があり、自己顕示欲の強い人間なのでしょう。自己保身よりも嗜好《しこう》を優先するあたり、こちらが思ってもみないへまをやらかしてくれるかもしれません」

過去の暴行致死傷を含む性犯罪との類似性の調査他、内村多賀子と岡崎紫乃の関係者への聞き込み、特にふたりの周辺での共通の知己《ちき》の有無を重点的に調べるという基本方針が確認され、捜査会議は終了した。

椅子から立ち上がった理会はそっとホワイトボードへと歩み寄った。岡崎紫乃の遺体の写真が数枚、貼られている。そのうちのビニール紐を巻かれた遺体の首のアップにじっと眼を凝らした。

「――警視、なにか？」会議室を出ようとしていた古市が踵を返し、近寄ってきた。「お気づきになったことでも？」

「いえ、些細《ささい》なことなんですが、前回の内村多賀子は拉致される際、スタンガンかなにかで抵抗力を奪われたのではないかと見られていますよね。岡崎紫乃はどうだったのかな、と」

「ああ、はい」手に持っていた書類を捲《めく》る。「すみません、さきほどうっかり触れるのを忘れていましたが、岡崎紫乃の首筋にも微かながら火傷のような痕跡があったそうです。おそらく犯人はスタンガンを使い、被害者の抵抗力を奪った上で拉致したものと思われます」

「またスタンガン……か」

「そういえば、城田さん」興味津々といった態《てい》で馬飼野がふたりのやりとりに割って入ってきた。「この前、スタンガンを使った連続強盗事件のこと、気にされてましたよね」

「強盗事件？」古市は首を傾げた。「そういえば最近、頻発してるみたいですね。スタンガンで相手を気絶させ、現金やらなにやらを奪ってゆくという、いまどきなんとも荒っぽい」

「先月から今月にかけて、判明しているだけで六件も発生している」

「けっこう多いですね。しかし警視、それがなにか？」

「わたしが気になっているのは、連続強盗事件のほうも被害者が全員、女性だという事実です」

　古市は馬飼野と顔を見合わせた。

「いや、でもそれはある意味、当然なのでは？　強盗側の心理としては、できれば男よりも非力な女性のほうを狙うでしょ、どうしても」

「被害者がみんな女性で、スタンガンが使われている……なにかひっかかるんです」

「今回の連続強姦殺人事件となにか関連があるんじゃないかとお考えなんですか？　お言葉ですが、本来は自衛のための道具を悪用するという発想はさしてめずらしいものじゃありません。早い話、誰だって思いつくことなんだから、それをもって双方に関連ありと看做すというのは正直、どうなんでしょうか」

「ええ、まあ……」

「ただ他ならぬ警視のアンテナにひっかかっていることですからね」古市は、ぽんと後輩刑事の肩を叩いた。「おい、馬飼野」

「はい？」

「その連続強盗事件、被害者リストと関連資料、揃えとけ。警視がいつでもご覧になれるように」

「え、ぼくが、ですか」

「係長にも言われてるだろ、あの城田警視が合同捜査でこちらの所轄へいらっしゃるのもまたとない機会だ、しっかり勉強させてもらっとけと」

もう一度、馬飼野の肩を気安く叩くと古市は会議室から出ていった。

「お願いしようと思ってたこと、古市さんに言ってもらってたすかったわ。馬飼野くん、そういうことでよろしく」

「は。あ、城田さん、どちらへ？」

「前浦さんのところへ、ちょっと」

階段を上がる理会のあとに馬飼野も続く。

「いらっしゃるといいんだけど」

鑑識課室のドアをノックして入ると、前浦はパソコンの前に座っていた。

「どうも。前浦さん、岡崎紫乃の持ち物、拝見してもいいかしら」

「どうぞ、こちらです。どれを？」

「携帯電話」

「これです」と前浦はビニール袋に入った赤い携帯電話を持ち上げてみせた。「これが岡崎紫乃の携帯です。ちなみに前回と同様、犯人が使用した後、きれいに拭ったんでしょう、被害者のものも含めて指紋はいっさい検出されていません」

理会はビニール袋から赤い携帯電話を取り出し、白い手袋を嵌めた指でキーを操作した。電話帳を開いてみると、ざっと百名ほどの名前がずらずらと並んでいる。その字面からしてほとんどが女性と思われた。

「生前の被害者って化粧品店を営んでいたんですよね、てことは」馬飼野は腕組みをして理会の手もとを覗き込む。「もしかして顧客名簿も兼ねてたんですかね、これ？」

「かもね。たしかに男性名が極端に少ない」

理会は電話帳の名前をかたっぱしから見てゆく。すると女性とおぼしき名前にはほぼ全員、携帯の番号といっしょに住所も入力されているのに対し、男性名で住所も入っていたのは名取だけだった。

「察するに岡崎紫乃にとっての住所を入力するかしないかの基準って、仕事に関係するかどうか、だったのかな。もちろん、これらが顧客だったとして、の話ですが」

「かもね。名取の場合は密会用のマンションだったというからまた事情が別なのかもしれないけど——どう思う、馬飼野くん」

「はい？」

「これが犯人が名取を脅迫相手に選んだ理由、だったのかしらね」

「えと、どういう意味です？」

「前回の内村多賀子の場合、携帯の電話帳に住所も入力されていた男性は堀北清次以外にもいた。けれど今回は名取泰博だけだった。だから犯人に選択の余地はなかった、ということなのかしら」

「あの、どうもその、おっしゃっていることがよく判らないのですが……」

「つまりね、脅迫電話をかけ、DVDディスクを送りつける相手は女性ではなく男性でなければならない事情が、犯人側になにかあるのか——という意味なんだけれど」

「脅迫電話をかけてDVDを送りつける相手が男じゃなきゃいけない事情……ですか？　さあ、そんなもの、あるのかな」

「犯人は被害者の携帯の電話帳に住所が入力されている者のなかから、脅迫電話をかける相手を選んでいる。これは多分たしかよね」

「そのようですね、ええ」

「だったら、これだけたくさんの女性を差し置いて敢えて名取を選んだのはなぜ？　もしかして彼が男だったから——そう仮定して考えてみても損はないかもよ」

「なるほ……いや、城田さん、まってください。犯人が確実に脅迫電話をかけられて、なおかつDVDを送りつけられる相手を選ぶための基準は性別以外にあるじゃないですか。それも極めて重要な」

「重要な基準？」

「相手が生存しているかどうか、ですよ」

「は？」

「だって、せっかく電話帳から選んだ相手がすでに死亡してたらどうします？　あるいは生きていても入力された住所から引っ越していたりしたら？　脅迫電話もかけられないし、DVDディスクも送れない」

「でも電話帳に登録されている以上は――」

「携帯の持ち主によっては、知人が死んだり引っ越したりしてもいちいち手持ちのデータを消去したり修正したりせずにそのまま放っておくかもしれない。もちろんまめに消去や修正をするひともいるでしょう。でも被害者がそのどちらなのか、犯人には判らないことじゃないですか」

「たしかに……」

「電話帳から選んだ相手が生存しているかどうか、入力された住所にいまも在住しているかどうか、確認するためにはとりあえずその携帯にかけてみるのが手っとりばやい。でもこれまでの調べによると、堀北清次の携帯にも名取泰博の携帯にも犯人による事前のお試し着信ではないかとおぼしき着信履歴は残っていない。内村多賀子と岡崎紫乃のほうの携帯の発信履歴も同様です。ということは犯人は被害者の携帯の電話帳からピックアップした住所へ、まず実際に出向いてみなければならない。そして住人がたしかに生存していることが確認できた家の郵便受へDVDディスクを投げ込む、そして脅迫電話をかける——こういう手順でなければならなかったはずです。にもかかわらず……」

「なるほど」理会は頷いた。「そうか、さっき会議中、犯人は相手が在宅中か外出中か確認してから脅迫電話をかけてくるわけではないらしい——みたいなことを口走ったとき、自分でもそれのなにが問題なのかいまいちまとめきれていなかったんだけど。ようやく腑《ふ》に落ちた。在宅中か外出中なのかが重要なわけじゃなくて、相手が引っ越しなどせずに生存していてちゃんと脅迫電話やDVDを受け取れるかどうかの確認こそが犯人には必要だったはず。なのに……」

「実際に犯人がそれらの確認を行ったとは思えません」

「そんな時間はなかったはずだものね」理会は頷いた。「内村多賀子が拉致されてから遺体となって発見されるまでめいっぱい幅をとっても約十時間。岡崎紫乃が拉致されてから遺体となって発見されるまでもだいたい同じくらい」

「十時間まるまる使えたとは到底思えないから、実際はもっと短かったでしょう。たったそれだけのあいだに犯人は被害者をDVD撮影現場へ連れ込み、乱暴した上でそのビデオを編集し、脅迫電話をかけてからその携帯を殺害した遺体といっしょにひと目のつかぬところへ遺棄してこなければならない。それらの手順をこなすだけで多分ぎりぎりでしょう。とてもじゃありませんが、被害者の関係者のうちの誰が脅迫相手に相応《ふさわ》しいかをいちいち吟味するような時間的余裕はなかったはずです」

「それにしてもまたずいぶんと慌ただしい犯行ぶりだな」

ぼそりと独り言ちるみたいに呟いた前浦へ、期せずして理会と馬飼野の視線が同時に注がれた。

「あ、すみません。よけいな口を挟んで」

「いえ、ぼくもまったく同感です。これだけせわしないのにわざわざ身内でもない関係者を脅す意図がよく判らない」

「どうも犯人の行動をトレースしようとしたら矛盾というか、違和感を覚えてしょうがないのに、それがいったいなんなのかいまひとつよく判らなくてもやもやしていたんだけれど、馬飼野くんのお蔭《かげ》ですっきりしたわ」しかつめらしく腕組みした理会はふと、忍び笑いを洩らした。「古市さんはあんなことを言っていたけど、勉強させてもらっているのはわたしのほうね」

それを聞いた前浦は冷やかすみたいに口笛を吹く真似をする。馬飼野は慌てて手を左右に振った。

「あ、いや、もちろんその、これらの言い分はすべて、犯人が脅迫電話をかける相手を被害者の携帯の電話帳のなかから無作為に選んでいる——という前提に立っての話です。もしかしたら犯人は堀北清次のことも名取泰博のことも以前から知っていたのかもしれない。だから選んだ、と。従ってふたりの住所が被害者の携帯に入力されていたのは偶然というか、たまたまだった可能性も一概に否定は……」

「こういうことは考えられませんか」と前浦は今度はおずおずと口を挟んだ。「犯人は事前に標的となる女性たちの周辺の下調べをしていた、とか？　例えば生前の彼女たちの隙を衝いてその携帯のデータを盗み見たりして」

「あ、なるほど。事前に盗み見た電話帳のなかから適当に選んだ住所を憶えておいて、実際に現地へ出向き、その人物が引っ越したり死亡したりしていないかをあらかじめ確認しておいた——そういう可能性もあるわけか」

しばらく考え込んでいた理会だが、やがて首を横に振ってみせた。

「……ううん、それはないと思う。おそらく犯人は拉致したその場で被害者の携帯を初めて見て、電話帳のなかから適当に脅迫相手を選んだはず」

「しかしそう断定するに足る根拠は充分にあるのでしょうか」

「仮に犯人が事前に名取泰博の身辺調査をしていたとしましょうか。だとしたら、たとえ岡崎紫乃の電話帳に入力された住所がどこであれ、ＤＶＤは密会用マンションではなくて彼の本宅へ送りつけていそうなものでしょ？」

「あ、そうか……いえ、でもそうとも限らないような気が。だって犯人はくだんのマンションが岡崎紫乃との密会用だと知った上でそこの郵便受に放り込んでおいたのかもしれないわけですし」

「あのね、犯人がＤＶＤの入った封筒を密会用マンションのほうの郵便受に放り込んだのとたまたま同じ日に名取がそこで泊まろうとしていたのは、単なる偶然なわけでしょ。だから……」

ふと理会は口をつぐんだ。眼を細め、眉根を寄せたまましばし凝固する。

ずいぶん長いあいだ考え込んでいた理会はやがて馬飼野と前浦のもの問いたげな視線に我に返ったのか、気を執り直すかのようにかぶりを振った。

「ごめんなさい——ともかく岡崎紫乃が密会用マンションのほうの住所を入力していたのもたまたまなら、それを見て犯人がＤＶＤを送りつけた先に、その夜名取が泊まろうとしていたのも単なる偶然。でもその偶然のせいで、あたかも犯人が名取の行動をずっと監視していたかのような錯覚にわたしたちは陥るんだと思う。でも実際には犯人は事前にも事後にも名取の身辺調査なんかはしていない」

「しかし……」

「判ってる。そう断定するためにこれから裏づけをとりにいきましょう。馬飼野くん、付き合って――前浦さん、どうもありがとう」

鑑識課室から足早に出てゆく理会に馬飼野も慌てて付いてゆく。

「あの……城田さん」

「なあに」

「ぼく、すごく気になっていることがあるんですけど、いいでしょうか」

「なんでも言ってみて」

「今回、犯人からDVDを送りつけられた名取泰博は、それを観もせずに棄《す》てちゃいましたよね」

露骨に不機嫌そうな表情になると理会はぴたりと足を止めた。馬飼野も慌てて止まった拍子に前へつんのめりそうになる。

「……ほんとに困ったことをしてくれちゃって。前回のDVDと観比べてみたらなにか判ることがあったかもしれないのに」

「あ、そういえば前回、城田さん、おっしゃってましたよね――この犯人、似たような犯行を繰り返すつもりなんじゃないか、と。残念ながらその予想がこうして的中してしまったわけですけど。あれって単にこの手の事件は再犯性が高いから、という一般論として語っていたんじゃないんですよね？」

「ええ、あのＤＶＤを観ているうちに、なんとなくそんな気がしたの」

「あのビデオの内容のいったいなにがそれほど引っかかったんです」

「それが判らない。この前も言ったように、なにかひどく違和感があるんだけれど、具体的にそれがなんなのかがいまいちはっきりしない。だから今回、肝心のＤＶＤを観られないっていうのはほんとに痛い」

「ですよねえ。名取氏もほんと、困ったことをしてくれちゃったもんです」

「脱線しちゃったわね、ごめんなさい」理会は再び歩き出した。「で、彼の証拠隠滅の件がどうかしたの」

「犯人はそういう事態をまったく想定していなかったんでしょうか」

「ん」階段の途中で再び理会は立ち止まった。「なんですって？」

「前回の堀北清次のように、普通は脅迫電話とともにあんなＤＶＤが送りつけられてきたら警察へ駈け込みますよね。でも名取泰博のように、かかわり合いを嫌って知らんぷりを決め込む者だっているかもしれない。犯人はそういう可能性を全然考慮していなかったんでしょうか？」

「していなかった……んでしょうね。当然、警察へ通報してくれるものと思い込んで」

理会はゆっくり階段を降り始めた。馬飼野がその後に付いてゆく。

「それはとりもなおさず犯人が名取泰博の身辺調査などはせず、ただ岡崎紫乃を拉致したその場で彼女の携帯の電話帳から無作為に彼を選んだのだという傍証にもなる」

「なるほど。もしも犯人が彼と被害者がどういう関係なのかを知っていたら当然、名取が逃げ腰になる展開は容易に予想し得るわけで、彼を脅迫相手に選ぶのは避けていたかもしれない。でも、ぼくの疑問はそういうことじゃないんです」

「というと」

「どうして犯人は警察へDVDを送りつけてこないんですかね」

「……なんですって？」

「犯人が被害者の暴行シーンを撮影し、あまつさえ関係者へそのDVDを送りつけてくるのはなぜか、という話がさきほど出ました。古市さんはそれを露出癖や自己顕示欲の表れだと説明してたけど、もしもそうだったら、もっと確実にそれに反応してくれる先へ送りつけそうなものじゃありませんか」

「たしかに」

「被害者の関係者だって、そりゃあかなりの確率で反応してくれるでしょう。事実、堀北清次はそうだった。しかしその確率が百パーセントでないことは、今回の名取泰博がとった行動によって証明されたわけです」

「なるほど。せっかく送りつけたＤＶＤも、いくら被害者の関係者とはいえ一般市民の場合、被害者の名誉のためといった主観的善意からにしろ、自分はかかわりたくないという悪意からにしろ、それを隠匿もしくは遺棄してしまう可能性は当然想定しなければならない」

「でしょ？　もしもほんとうに犯人が自己顕示欲の塊《かたま》りなら、警察かマスコミにＤＶＤを送りつければいい。あるいは被害者の知人に拘泥《こうでい》するなら、複数の相手へばら蒔《ま》けばいいんです。ダビングなんか簡単にできるんだから」

「そうよね。なのに犯人はそうしていない。なぜか被害者の知人ひとりにわざわざ……」

「警察やマスコミに送れない理由がなにかあるとしても、確実に反応してくれることを期待するなら、被害者の身内を脅迫すればいいでしょ。内村多賀子の場合なら、ちゃんと両親と妹がいたんだから。なのに家族を差し置いて堀北清次に電話するわ、ＤＶＤを送りつけるわ……なんだかちぐはぐというか。どうしてなんでしょう？」

「なにか理由があるんでしょうね。なにか、そうせざるを得ない――」

伏し目がちに歩いていた理会はふと顔を上げた。虚空に据えた眼を瞠《みは》る。

「案外……うん、案外そこら辺りに答えがあるんじゃないかしら」

「答え、って?」

「さっきも言った違和感。DVDを観たときの」

「えと、どういうことです」

「馬飼野くん」

「はい?」

先刻の古市の真似をするみたいに理会は気安く馬飼野の肩をぽんと叩いた。

「さっきは冗談半分だったけど今度は本気よ。しっかり勉強させてもらうわ、きみの下で、ね」

NOISE 4

〝ダブル〟は実家に匿《かくま》っておこう——一連の計画を立てたときから鳴沢はそう決めていた。

いまのところはたまに〈根占公園〉界隈《かいわい》に出没しているようだが、なにしろ路上生活者だ、いつなんどきもっと居心地の良い塒《ねぐら》を探し当てるかもしれない。肝心のときにその姿がどこにも見当たらない、なんて事態だけは避けなければ。

そのためには予め〝ダブル〟の身柄を確保しておく。言葉巧みに鳴沢の実家へ誘い込み、当分のあいだ適当な部屋で隠遁《いんとん》生活をさせておく。が、そうする前にいろいろとクリアしておかなければならぬ問題がある。

まず〝ダブル〟の存在はどの程度、町内で知られているのだろう？　例えばある日、急に姿が見えなくなったら近所の住民が不審を抱くといった恐れはないのか、そこら辺りをきっちり確認しておいたほうがいい。

ただ確認とひとことで言ってもそれこそ住民の不審を買わずにすますためには具体的にど

うするべきか考えあぐねていた鳴沢だが、その機会は向こうからやってきた。ある日、別の用事で外出したついでに公園を通り抜けようとしたら、顔馴染みの町内会長が竹箒《たけぼうき》で掃除をしている。

〈根占公園〉はテニスコート四面ほどの広さだ。本来は児童公園で敷地の一角にはブランコやジャングルジムなどの遊具が揃っている。

中央あたりに大きな銀杏《いちょう》の木があり、それを迂回《うかい》するようにして遊歩道が敷地の北出入口と東出入口を繋ぐかたちで楕円《だえん》を描いている。天気の好い日には遊歩道に沿って並んでいるベンチに座り、遊具で戯れる子供たちや銀杏の木を眺めて憩う若い主婦たちの姿がよく見られる。

鳴沢の亡き両親とも親しくしていた七十代の町内会長は、ベンチの周囲をせっせと掃除していた。なにかゴミらしきものをつまみ上げてはポリ袋に放り込んでいる。

「こんにちは」と鳴沢は愛想よく声をかけた。

「お。どうもどうも」

「いつもすみませんね、会長ひとりに掃除を押しつけてしまって。ほんとうは当番制なのに」

「なんのなんの。自分でやったほうが早いですからな」

町内会長が常日頃から自主的な掃除を怠らないのには理由がある。〈根占公園〉の南側に隣接する二階建ての和風家屋が彼の自宅なのだ。二階の窓から敷地内を一望できるこの公園を彼は自分の庭のような感覚で捉えている節があって、だからこそ少しでもゴミが落ちていたりしたら我慢ならないらしい。毎日のように小まめに掃除している。遊歩道の石畳が黄色い銀杏の葉で埋め尽くされる季節など大忙しだ。

　この日もどうやら不心得者がベンチで飲み喰いした痕跡を見つけて自宅から飛んできたらしい。町内会長がポリ袋に放り込んでいるのはお菓子の包装紙やカップ麺の容器だ。スープや具が半分ほど残っているものもある。

「困ったもんですよ、まったく」町内会長は苦々しげに舌打ちすると、「高校生たちがねえ、あそこに」と遊歩道の傍らに設置されている水飲み場を指さした。「ずらずら無造作に自転車を停《と》めておいて、ここでお菓子やら缶ジュースやら飲み喰いしていくんですわ」

「これは耳が痛い。わたしも実はやったことがあります、子供の頃に」

「いやまあそれもね、あとかたづけさえ自分たちできちんとやってもらえばね、まだいいんだが。それが全然。こうして散らかしっぱなし」

「困った子たちだ。高校生なんですか？」

「そうなんですよ。たいていは男の子なんだが、たまに女の子がいることもあってね。スカートを穿いてるのにだらしなく脚を拡げてたりしてまあ見苦しい。〈最明寺〉の制服が泣きますわ」

「ほう、〈最明寺〉……」思わず反応してしまったことを糊塗しようと鳴沢は笑ってみせた。

「名だたるお嬢さん学校なのに」

「そんなもの、いまは昔ですよ、まったく」

「そういえばホームレスらしき方もたまに見かけますが、ああいうひとたちもゴミなどは――」

「え？」作業の手を止め、町内会長はまじまじと鳴沢の顔を見た。「ホームレス？　ほんとうですかそりゃ」

「会長さん、ご覧になったことないですか」

「いやあ、一度も。この公園にいたんですか？　どんなやつです？」

「えと……」

〝ダブル〟の風体《ふうてい》を説明しようとして鳴沢は、まてよ、と思い直した。もしかしたらこれは後で祟《たた》るかもしれないぞ、と。

「いや、じろじろ見たわけじゃないんで。顔つきとかは憶えていないんですが」

「男ですか、それとも女？」

女だったと言ってごまかしておこうかとも一瞬思ったが、それによってこの会話の内容がよけいに印象深く町内会長の記憶に残ったりしたら、後々まずいことになるかもしれないと鳴沢は考え直した。女性のホームレスだって実際にいることはいるのだろうが、必ずしも世間一般的な認識が現実に追いついているとは限らない。

「男の方でした」

「いつ頃の話です」

「えと、それはもう忘れたなあ」

「時間帯は？　夜ですか、それとも――」

「それは昼間でした」正直に、早朝五時半頃だ、とは言わないでおく。「具体的に何時頃だったかはちょっと。しかし会長さんが全然ご存じない、ということは――」

「初めて聞きました。はて。他の住民の方からもそういう話を聞いたことは一度もないんだが」

「そうですか。会長さんがまったくご存じないってことは、もしかしてわたしの勘違いだったかもしれません。ホームレスなどではなくて、単にそのときたまたま、あまり清潔とは言えない恰好をしていただけのひとだったのかも」

そう言い繕ったものの〝ダブル〟はまちがいなくホームレスだろう、鳴沢はそう確信していた。にもかかわらず、すぐ眼の前に住んでいる町内会長がその存在をまったく知らないのは、おそらく〝ダブル〟が決まった時間帯しかこの公園に現れないからではないか？

鳴沢が初めて〝ダブル〟を公園で見かけたのは昨年の夏。朝、五時半だった。

鳴沢はいつもその時刻に〈根占公園〉を通り抜けられるよう逆算して、実家からさほど遠くない自宅マンションを出発する。誰もいない早朝の遊歩道を散歩するのが心地よいのだ。

季節にかかわりなく、これがなぜか五時半より少しでも遅かったり早かったりすると、必ずと言っていいほど他のウォーキングやジョギング中の住民に出喰わす。別に向こうから話しかけてきたり騒がしくしたりするわけではないものの、それが鳴沢にはけっこう鬱陶しい。自分以外に誰もいない状態の〈根占公園〉に鳴沢がひそかにこだわるのは、実は奏絵との思い出があるからだ。

あれは〈古我知学園〉高等部の卒業式を翌月に控えていたとき。すでにそれぞれ進学や就職など別々の進路が決まっていたバンドのメンバーたちは、学校の自由登校期間を利用してほぼ毎日、鳴沢の実家にある練習室に集まっていた。

最後のレコーディングと称して、軽音楽同好会がこれまで培ってきたレパートリー全曲を一曲ずつ何度も録音してゆく。そして各曲のベストの仕上がりを選んで編集したカセットテープを四人分ダビングしてみんなの記念品にする、そういう趣向だ。

連日、朝から夕方まで練習室に四人で籠《こ》もっていたのだが、ある日、正明と啓太が急用で行けなくなったとそれぞれ別々に連絡してきた。すでに奏絵は約束通り練習室に詰めていたものだから鳴沢は大いに狼狽した。

彼女と密室でふたりきり……というのはやはり気まずい。かといって奏絵にあっさり（じゃあ仕方ないね、あたしも帰る）と立ち去られるのも残念という複雑な胸中を持て余した挙げ句、鳴沢は苦しまぎれの思いつきを彼女に提案してみた。

（どうせ今日は録音できないし。近所の公園で新鮮な空気でも吸って、まったり和まないか？）

断られるかもと思ったが奏絵はあっさり、そうだね、それもいいねと頷いてピックとエレキギターを置き、付いてきた。改めて考えてみれば屋内だろうと屋外だろうと奏絵とふたりきりで過ごすのはこれが正真正銘、初めてのことだ。とても間が保《も》ちそうにないと弱気になった鳴沢は〈根占公園〉へ彼女を案内する途中でタコ焼きを買った。

ほとんど衝動買いだった。パックに盛られたタコ焼きのソースの香りで我に返り、戸惑った。

軽音楽同好会のメンバーに限らず、鳴沢は同級生たちといっしょにいるときは決してものを買わないようにしている。それは小学生の頃、男子女子を問わず学校でさんざんたかられたという苦い経験ゆえだ。

鳴沢にしてみれば貸したことになっているはずの金を、相手は奢《おご》ってもらったと言い張って踏み倒す。いつも同じパターンだった。たまにきつく抗議しても、（いいじゃん別に、おまえんち、金持ちなんだからさ）と逃げられる。

（いいじゃん別に、おまえんち、金持ちなんだからさ）……ふたことめにはこれだ。

一度、相当頭にきて大喧嘩になったとき、鳴沢はその相手から口汚く守銭奴《しゅせんど》呼ばわりされた。しかも信じられないことにクラス全体の空気がそちらへ同調したのである。貸した金を堂々と踏み倒された上、こちらが悪者扱いされるのか……たまたま騒動を見物していた女の子たちの鳴沢を責めるかのような蔑《さげす》んだ眼つきが忘れられない。このショックは後の鳴沢の人格形成に大きな影を落とすことになる。

もともと幼少の頃から家が地元では桁違いに裕福であることが鳴沢のコンプレックスの種だった。ふたことめには（いいじゃん別に、おまえんち、金持ちなんだからさ）……その決まり文句にどれだけ傷つけられたか。

親父の金だ。おれのじゃない。むきになってそう反論したこともある。が、いずれはおまえのものになるわけじゃんと軽くいなされて終わりだった。

金、か。親父の金。そう。それがなければ、おれにはなんの存在価値もない。

いつしかそんな劣等感に凝り固まってゆく。他人がおれを人間として認識するのはその背後に親父の金を見るときだけだ、と。

やがて鳴沢は一円も持たずに登校するようになった。当時の学校は給食がなく母親も小遣いはたっぷり渡してあるはずだからという認識でいるため、弁当をつくってくれようとするはずもなく、毎日昼食抜きになったが意地で押し通した。例によって顔見知りたちが彼にたかってこようとしたら黙って財布を見せる。なかは空っぽだ。相手は小学生の語彙《ごい》で鳴沢を吝嗇《りんしょく》野郎とさんざんなじっておいて去ってゆく。その繰り返し。

やがて誰も近寄ってこなくなった。誰もが露骨に、金を持っていない鳴沢なんかに用はないという態度だった。暴力も罵倒《ばとう》もない、静かなる苛《いじ》めは小学校を卒業するまで続いた。〈古我知学園〉に進学すると教材費やらなにやらで現金が必要となることも間々《まま》あり、空っぽの財布だけ持って毎日登校し続ける小学校の頃と比べて格段に無理が生じるようになった。だいいち育ち盛りなのに昼食抜きはきつい。空腹のあまり学校でぶっ倒れたりするようになるに至り、なるべく人前で買物をしないよう心がけることで妥協せざるを得なくなる。うっかり現金を手にしているところを他人に見られたりしたら再びたかられるようになる……そんな恐怖が心の奥底に根づいた。

鳴沢が登下校の途中、たとえひとりのときでもうっかり買物など絶対にしないようにしているのは、どこに同級生たちの目があるか判ったもんじゃないからだ。買い喰いなんてとんでもない。

中等部から高等部にかけての六年間、ずっとその方針を貫いてきた。それが奏絵とふたりきりという椿事《ちんじ》に気が動転していたのだろう、うっかり衝動買いしてしまった。

きっとソースのせいだよな、この香りに抵抗できるやつなんてこの世にいないもんな、と虚しい自己弁護をしている鳴沢の胸中をよそに奏絵は眼を細めた。

(おー、いい匂い)

小銭を財布から出そうとしている彼女に気づき、鳴沢は慌てた。

(あ、ばか。いいよそんなの)

それまで経験してきた屈辱に鑑《かんが》みれば、奏絵に割り勘にしてもらうのは鳴沢にとって筋が通る成り行きのはずだったが、とっさに拒否してしまった。

(え、奢ってくれんの? じゃ遠慮なく)

やや小振りながら鳴沢が初めて女に貢ぐ行為の快楽を自覚した瞬間だった。後から思えば、この時点で「初めて自覚」すること自体が極めて根の深い自己欺瞞《ぎまん》だったわけであり、やがてすべての悲劇の最大の要因となってしまうのだが。

(――比奈岡は結局、大学へは行かないんだ)

　ふたりはベンチに並んで座った。鳴沢は結局、最初に会ったときから最後に別れるときまで奏絵のことを『比奈岡』と苗字でしか呼ばなかった。

（うん。四月からは華のOLだ）

（東京の音響機器メーカーだっけ、あのなんとかっていう有名な。しかしもったいないよな、おれなんかより何倍も成績いいのに。って、おれみたく壊滅的なやつと比べられるのも迷惑だろうけど）

（んなことない。っていうか、最初からそういう約束だったんだし）

（約束？　って、なんの）

〈古我知学園〉中等部に入学したときから奏絵は将来、第一志望の大学に合格しなかった場合は浪人などせずにすぐ就職するという約束を父親と交わしていたのだと言う。

（第一志望だけ？　滑り止めもなし？）

（うん。なし）

（ちなみにどこの大学だったの、比奈岡の第一志望って）

　彼女が口にした大学名を聞いて鳴沢は呆気にとられた。偏差値の高さでは日本で一、二を争う国立大学だったからだ。

（な、なんだってまたそんな無茶な……いや、無茶なっていうのは失礼かもしれないけど）

（うちの父ってさ、女の子に学歴なんて必要ない、って考え方なの。少なくとも中途半端な学歴ならむしろないほうがいい、って）

（そりゃまた古臭いっていうのか、極端なっていうのか）

（仕事だって、女にとっちゃ結婚するまでの一時的な腰掛けに過ぎないって言って憚らないひとだもん。マンガみたいに封建的っていうか、とにかく女は外へ出てゆくな、奥床《おくゆか》しく家にいろ、って堂々と命令するタイプ）

（ふうん。でも、それにしちゃよく東京での就職を許してくれたよな）

（うん。ほんとは地元で就職して欲しかったんだろうけどね、父の本音としちゃ）

（え？　あ、もしかして……）

　熱々のタコ焼きを頬張った奏絵は、にまっと悪戯っぽく微笑《ほほえ》んだ。（そうでーす、はい。たしかに第一志望の大学に合格しなかったら就職するとわたしは約束いたしました。ただし日本のどこで就職するつもりだとはひとことも言っておりません）

（おいおい、まんまと親父さんの裏をかいたってわけか。県外で就職しちゃいかんと言われた覚えはありません、て？）

（娘はずっと地元にいるはず、なんて決めつけてたのは父の勝手だもん）

（すんなりそう納得してくれたのかよ）

（してないでしょうね。でもいまに至るまでわたしの上京を止められるだけの説得力のある屁理屈《へりくつ》は思いついていないようだから、このままますんなりでしょ。四月からは晴れて東京暮らしだ）

　戯画的なほど独善的な父親に唯々《いい》諾々《だくだく》と従うふりをして、なかなかしたたかなやつだと鳴沢は痛快だった。

　と同時に、なぜ東京なんだ、という複雑な気分にもなった。やっぱり……やっぱり正明か？　正明が東京の音大へ行くから奏絵もそうするのか？　そんな疑念が危うくただ洩れになりそうになる。

（東京、か。でもなんで東京なの？）

（別に。どこでもよかったのよ、都会なら）

（都会がいいのかよ）

（だってほら、目立たなくてすむじゃん。ひとがいっぱいいるから）

（は？　目立たないって、誰が）

（わたしだよ。わたしみたいなでっかい女でもさ、群衆に紛れて目立たなくてすむし）

（なんだよ、比奈岡ってそんなこと、気にしてたの？　ばっかみてえ。それだけタッパがあるからこそギターかまえたとき、かっこいいんじゃないかよ、舞台栄えしてさ）

（ほー、てっきり鳴沢くんて小さくて可愛い女の子がお好みかと思ってましたが）

（おれの趣味の問題じゃねえよ。世のなかには飛行機の客室乗務員やモデルになりたくても身長が足りなくて悩んでいる娘がたくさんいるんだぞ。なのに贅沢いいやがって。その娘たちと、それから大きく産んでくれたお母さんに謝りなさい）

しばしきょとんとしていた奏絵は、ぷっと噴き出した。（あっはっはっは）身体を折り曲げて笑い転げた。（し、知らなかったー、鳴沢くんたら意外にお茶目さん）

鳴沢にしてみれば精一杯さりげなさを装って叩いた軽口だった。一気にまくしたてた後、ひょっとして馴《な》れなれしすぎたかなとひそかに冷や汗をかいたが、奏絵が爆笑してくれてホッとする。

たまたまそのとき〈根占公園〉には他に誰もいなかった。ふたりきりだった。奏絵と鳴沢と。

（ね、あと録音する曲、なにが残ってたっけ）

（えと、栗原とおれのオリジナル以外ではベンチャーズとリー・リトナー、それからスティーヴィー・ワンダーってとこか）

（ベンチャーズか。改めて言うのもなんだけど、不思議なサウンドだよねあれって。う、ださいッと思うときもあれば、お、意外に新しいって感じるときもある。なんでだろ）

(なんていうか、世代を超越してるような面はあると思うな、たしかに)

(二年生のときの文化祭で『ダイアモンド・ヘッド』を演《や》ったら大受けだったもんね。生徒だけじゃなくて父兄や先生たちものりのりで)

(あのライヴがおれたちとしてはいちばん盛り上がったかな、そういえば)

(でも続けて『ドライヴィング・ギター』を演ったら反応がいまいちだったっけ。どうしてだ)

(そりゃあベンチャーズとくれば次は『パイプライン』だとみんな期待してたからじゃないの)

(んなもんですかね。よう判らん)

(比奈岡がいくら『キャプテン・フィンガーズ』で超絶技巧テクニックを披露しても、反応いまいちだろ。同じリー・リトナーなら断然『カリフォルニア・ロール』なんかのほうが受けがいい。要するにそういうこと)

(やっぱりよう判らん)

奏絵は立ち上がると空になったタコ焼きのパックをゴミ箱に捨てた。そのまま、じゃあね、と歩いて帰ってしまうんじゃないかと鳴沢は一瞬不安になったが、彼女はベンチへ戻ってくると再び彼の隣りに座る。

（ところでさ、例の『リセット・プレイ』のことだけど）『リセット・プレイ』は鳴沢がバンド用に作ったオリジナル曲だ。（あれに比奈岡の詞をつけて演るのってやっぱりダメか？）

（やだよ、悪いけど）

（しかしもともとは比奈岡の詞につけるつもりで作ったメロディなんだけどな）

奏絵は正明や鳴沢のように作曲や編曲の真似事はしないが、作詞には興味があるらしくかなりの量を書き溜めている。そのなかの『リセット・プレイ』という作品が特に気に入った鳴沢はその詞を乗せる前提で作曲をしたのだが、奏絵が頑固に歌うことを拒否しているため実演には至っていない。

（歌詞つけたりしたら、わたしが歌わなくちゃいけなくなるじゃん）

（って、嫌なの、それ？）

（他のひとの詞ならいいけど自分のは、ねえ。なんだかやだ。気恥ずかしいっていうか）

（だいたい自分で歌う気がないのに、なんであんなにたくさん作詞しまくってるんだよ）

（いいじゃん、趣味なんだから。へたの横好きと嗤《わら》ってくれ）

（仕方ないな。じゃあ今回、あの曲は没にするか、それともタイトルを変えて録音するか）

（いや、いいよいいよ、『リセット・プレイ』っていうタイトルは鳴沢くんに進呈します）

（タイトルだけ進呈されてもなあ）

結局この『リセット・プレイ』を鳴沢たちは一度も演奏せずに終わることになる。

（そうそう、タイトルっていや、この卒業記念のカセット、やっぱりなにかタイトルをつけておいたほうがいいのかな、アルバムふうに。どう思う、比奈岡は反対派？）

（別に。いいんじゃない、アルバムふうタイトル。うん。どうせお遊びなんだし。そう。どうせなら例の啓太くんの提案通りにしてさ）

（って、『〈F・M・K・K〉メモリーズ』を、かよ。マジで？　あ、あんなベタな）

〈F・M・K・K〉は鳴沢たちの組んでいたバンドの仮名称で、メンバーたちのそれぞれ下の名前『文彦』『正明』『啓太』『奏絵』の頭文字を並べている。バンド結成当初、語感がよくてかっこいいと気に入っていたのは命名した啓太だけ。あとの三人は安易だ、意味判らんと白けていたが、かといってなんの代替案も示せず、正式名称が決まるまでの仮という線で妥協していたのである。

その後、軽音楽同好会に新しいメンバーは加入せず、鳴沢たち四人だけの一代限りのバンドに終わった事実に鑑みれば、啓太の思い入れは結局正解だったと言えるかもしれない。あくまでも仮名称だと妥協していたはずの鳴沢からしてが、自分たちのバンド時代に思いを馳《は》せるとき〈F・M・K・K〉という呼称はより郷愁を誘う。

きっと奏絵も同じ気持ちなのだろう。〈F・M・K・K〉最後のアルバムだから『〈F・

M・K・K〉メモリーズ』だと独り悦《えつ》に入《い》る啓太を冷やかな眼で見ていたはずなのに、いつの間にか自分たちの最後のレコーディングはそうとしか呼びようがないものであると共感したのだ。

（ギター、続けるの？　東京へ行っても）

（うん。会社にジャズバンドとか音楽系の同好会がいろいろあるようだから、そこでがんばるよ。鳴沢くんは？　大学でキーボード、続ける？）

（いや、やらないだろうな、多分）

（どうして。もったいない）

（だっておれの行く大学、この春に出来たばっかりなんだぜ。海のものとも山のものとも知れない。音楽系のサークルがあるかどうかも判らない）

（そっか、鳴沢くんたちが第一期生か。じゃあ自分でつくっちゃえばいいじゃん）

（え）

（音楽系の同好会、なかったら自分で立ち上げちゃえばいいんだよ。そもそもわたしたちのバンドだって鳴沢くんがつくったようなもんじゃない）

なにかひどく不愉快な気持ちに囚《とら》われている自分に気づいて鳴沢は困惑した。奏絵の言葉のいったいどこがそれほど癇《かん》に障ったのか、まったく理解できない。

奏絵のいないバンドなんか立ち上げたって意味はない――もしかしてそうぶちまけたいのか？　たしかにそれは鳴沢の偽らざる本音ではあったが、なにか肝心の説明が抜け落ちているような気もした。

そもそもわたしたちのバンドだって鳴沢くんがつくった……そのひとことに、将来の禍根《かこん》とも言うべき自己欺瞞が隠されているという認識がこのときの鳴沢にはまったくなかった。

ともあれ奏絵と交わした会話の大半は甘酸っぱい記憶として鳴沢の心のなかに残った。あれだけまとまった時間をふたりで過ごしたのは後にも先にもあのときだけだ。

あのときの奏絵の笑顔。そして笑い声。その思い出に浸りたくて鳴沢はいまでもよく〈根占公園〉を散歩する。奏絵のイメージをより鮮明に想起するために、できれば自分が通り抜けるときは敷地内に他に誰もいて欲しくない。

長年の試行錯誤の結果、錯綜《さくそう》する付近の住民それぞれの生活習慣リズムの間隙《かんげき》を縫うエアポケットのような時間帯をようやく発見した。それが早朝、五時半だ。この時間、〈根占公園〉は必ずと言っていいほど無人になる。

だが昨年の夏のある日、いつものように五時半かっきりに公園に入った鳴沢は、めずらしくベンチに座っているひと影に気がついた。それが〝ダブル〟だった。

四十代か五十代といったところか。髭面で顔面が煤《すす》けたように黒い。スキーキャップやジーンズ、そして袖に腕を通さずにまるでポンチョのように被っているダブルの背広の上着など、どれもこれもどこからか拾ってきたんじゃないかと思わせるほど薄汚れている。

明らかにホームレスといったその風体《ふうてい》に、普段の鳴沢なら眼を背けて知らん顔をしたまま通り過ぎていただろう。だが奏絵との思い出に浸る自分のたいせつな時間を邪魔されたようで不愉快だったせいか、つい〝ダブル〟を直視してしまう。するとたまたま向こうも鳴沢のほうを見ていたらしく、もろに眼が合ってしまった。

眼が合った途端、相手の表情が妙に馴れなれしげになった。その眼つきが無性に気になった。物乞いでもするつもりかと警戒したのだが、鳴沢が遊歩道を通り過ぎるあいだ、〝ダブル〟はベンチから立ち上がったり話しかけてきたりする素振りはいっさい見せなかった。ただずっと鳴沢のほうを見てはいたようで、東出入口から敷地を出てゆく間際も背中に視線を感じた。

それからときどき朝の散歩中に〝ダブル〟を見かけるようになった。毎日必ず出喰わすわけではないが、いるときは決まって同じベンチに座っている。そして同じ服装だ。その姿が視界に入ってくると鳴沢はうんざりする。せっかくの自分だけの時間が台無しだ。

よっぽど散歩の時間をずらそうかと思った。しかし長年かけてようやく発見したエアポケットだ。そうそう簡単に変更はできない。シフトしようとすると必ず他の住民たちのウォーキングやジョギングと被ってしまう。だったら目障りになるものは〝ダブル〟ひとりのほうがまだましのような気がしたし、なにより鳴沢は早朝の空気が好きだ。

　仕方なく早朝五時半の散歩の習慣を変更することは諦めたのだが、しかしどうにも落ち着かないのは、ベンチに座っている〝ダブル〟がときおり鳴沢へと向けてくる眼つきだ。

　決して敵意や害意などを感じるわけではない。それどころかどちらかといえば柔和な印象で、薄汚れた恰好のわりには妙な風格すら漂っている。そしてどこか親しげなのである。いつ鳴沢に話しかけてきてもおかしくないくらい。

　にもかかわらず実際にはいっこうに立ち上がろうとしない、口を開こうともしない〝ダブル〟に不本意ながら業を煮やした鳴沢はある日、遊歩道を通り抜ける途中で足を止めた。一瞬の迷いを振り切り、つかつかとベンチに座っている〝ダブル〟に近寄った。

（なあ、もしかしておれになにか用なのか？）

　そう訊かれた〝ダブル〟はきょとんとして、相変わらず座ったまま鳴沢を見上げていたが、やがてゆっくりと首を横に振った。

（なんだよおい、口もきけないのか）

　そう憎まれ口を叩くと〝ダブル〟は途端に申し訳なさそうな表情になり、こくりと頷いた。それが謝っているかのように見え、鳴沢はひどく後味の悪い思いにかられた。

その後、数日かけて短いやりとりを交わしているうちに判明したのは、どうやら〝ダブル〟には記憶障害があるらしいということだ。自分がどこの誰なのかまったく憶えていないという。

といっても〝ダブル〟は鳴沢の問いかけに言葉で答えることはない。頷くか、かぶりを振るか、笑うか、顔をしかめるか、あとは簡単な身振り手振り、それだけだ。

喋れないのは生まれつきなのかと訊いてみたが、弱々しく首を横に振るばかり。それすら自分で判断がつかないようだ。声帯の機能に問題があって発声できないのか、それともなにか精神的な要因ゆえ喋れないのかもはっきりしないらしい。

いつなのかは不明だが、そんなふうに〝ダブル〟とやりとり——といっても喋るのはもっぱら鳴沢だけだが——を交わしているところをたまたま〈ラビュリントス〉から朝帰り中だったさくらに目撃されたというわけだ。彼女に指摘されるまで自分と〝ダブル〟が兄弟かと見紛うほど似ているなんて思いもしなかったのだが。

しかしこれはますます好都合な展開になってきたな……鳴沢は北叟笑《ほくそえ》んだ。

〝ダブル〟の存在は近所の住民にはまったく知られていない、そう結論してまちがいあるまい。なにしろ〈根占公園〉を自分の庭同然にしている町内会長が全然知らなかったのだ。

それは多分〝ダブル〟が決まった時間帯にしか公園に現れないからだ。思い当たってみれば朝の五時半には町内会長の自宅の窓もすべてカーテンが閉まっている。鳴沢以外の者の眼が皆無のまさにエアポケットだったのだ。

では〈根占公園〉にいないときはどこで過ごしているのだろう。具体的な町名とか口にできない〝ダブル〟からの聴取はけっこう骨が折れたが、どうやら橋の下や河川敷などその都度各所を転々としていて、特にこれといった定住地はないらしいと判ってきた。つまり鳴沢が〝ダブル〟を連れ去って実家に匿ってもそのことに気づく者はおそらくひとりもいないだろう。

接してみるとなかなか従順そうな性格であることも大きな利点だ。言葉はちゃんと通じるし、こちらの意のままに操るのは容易そうである。〝ダブル〟はまさに鳴沢の計画のためにはうってつけの人材だった。

そしてついに鳴沢は仮の住宅を与えてやるという口実で〝ダブル〟を実家へ誘い込んだ。離れに隣接している小さなプレハブ。昔、鳴沢が勉強用に造ってもらった個室だ。ベッドや机、本棚などの家具もそのままにしてある。事前に掃除をしてそこに〝ダブル〟を住まわせることにした。

（だいじょうぶ、ここはいま誰も使っていない。なんの気兼ねも要らない。安心して暮らすといい）

なにしろトイレと簡易シャワー室もある。あとは食料さえ差し入れてやれば母屋へ赴く必要はまったくない。浩雄に気づかれる心配もないわけだ。

とりあえず切札はこうして確保した。用意してある封筒やDVDのケースにどうやったら〝ダブル〟の指紋をさりげなく付着させることができるかはまたおいおい考えよう。

(ただあちこち敷地内をうろうろ歩き回ったりはしないでくれ。外へ出たかったら、わたしがここへ来たときにそう言ってくれたら連れていってやる。いいね？)

〝ダブル〟は素直に頷いた。

(じゃあとりあえずシャワーでも浴びたらどうだ。その髭も剃《そ》って、さっぱりするといい。自分でできるかい)

再び頷くと〝ダブル〟は初めてスキーキャップを脱いだ。それを見て鳴沢は、ぎょっとした。スキンヘッドだ。その脳天からこめかみのあたりにかけて蚯蚓《みみず》腫《ば》れのような大きな傷跡がある。

(ど、どうしたんだその傷は？)

そう訊いても〝ダブル〟は困惑したように首を横に振るだけだ。もしかしてこの傷が原因で記憶を失ったのだろうか？　鳴沢がそう考えていると〝ダブル〟は背広の上着と下の破れたTシャツを脱いで上半身、裸になった。鳴沢はさらに驚いた。

〝ダブル〟の胸板にはまるで刀で袈裟懸《けさが》けに斬《き》られたかのような大きな傷跡が走っているのだ。それが右肩から左の脇腹まで伸びていて、頭部の傷同様、蚯蚓腫れのように傷口の肉が盛り上がっている。

見るからにただごとではない。いったいなにがあったのだろう？　好奇心にかられたが、訊いてみたところでそう簡単に〝ダブル〟から具体的な答えは引き出せまい。

鳴沢が黙っていると〝ダブル〟は全裸になった。意外に筋肉質で精悍《せいかん》な身体つきをしている。もしかして昔スポーツ選手だったとか？　それが事故かなにかによる大怪我《おおけが》で再起不能になり引退に追い込まれたとか。そして家族も財産も失って路上生活者になったとか。なにかそういうドラマティックな事情なのかもしれないが。

〝ダブル〟はシャワー室へ消えた。脱ぎ捨てられた服といっしょにカーキ色の大振りのショルダーバッグが残されている。〝ダブル〟がいつも肌身離さず持ち歩いているもので、どうやら荷物はこれひとつだけらしい。

シャワー室から水音が聞こえてくるのを確認しておいてから鳴沢はこっそりショルダーバッグの中味を調べてみることにした。本人にも判らない身元を示す品物がなにかないだろうか、と。

先ず出てきたのはガムテープでぐるぐる巻きにされたＤＶＤ四本だ。ガムテープの隙間から覗くパッケージの図柄から察するにすべてアダルトビデオのようである。

なんだおい、ずいぶん優雅なご身分だなと鳴沢は苦笑しかけたものの、ＤＶＤプレイヤーがなければ視聴することはできない。ポータブルタイプの機械を持ち歩いているのかもと思ったが、少なくともショルダーバッグのなかには見当たらなかった。

首を傾げながら鳴沢が次に手に取ったのはリモコンだ。『ドライ』とか『冷房』とか記されたボタンからしてエアコンのものか。しかしなんでホームレスにエアコンのリモコンが必要なんだ？　以前の塒には付いてたからとか？

さらに意味不明だったのはイヤホン付きのウォークマンだ。鳴沢も学生時代に使っていた年代物である。古ぼけたカセットが入ったままだったので聴いてみようとしたら動かない。見てみると電池が入っていなかった。アダプターの類いもない。

ふと思いついて先刻のエアコンのリモコンを再度見てみた。こちらも電池が入っていない。これではたとえ以前の塒にエアコン本体があったとしても動かしようがない。

あとインクのカートリッジの切れた万年筆や一文字も書き記されないまま黄ばんだ大学ノートなど、どれもこれもがらくたとしか思えないようなものばかり。そうか、と鳴沢はやっと思い当たった。これらはすべてがらくたなのだ。〝ダブル〟がゴミ捨て場から漁《あさ》ってきたものばかりなのだ、と。

売ったら小銭を稼げるかもしれないと期待して集めているのだろうが、このなかでとりあえず金になりそうなのはアダルトビデオＤＶＤくらいだ。大学ノートは未使用とはいえこれだけ汚いとたとえ只《ただ》でも引き取ってもらえそうにない。

いずれにしろ〝ダブル〟の身元を示すような品物はいっさい見当たらない。鳴沢はそっとショルダーバッグを元の位置に戻した。

改めて考えてみるまでもない。〝ダブル〟がどこの誰なのか、自分にはさほど重要ではないのだ、鳴沢は思った。ただこいつの存在をおれの計画のために最大限に利用させてもらえればそれでいいわけであって、と。

それに身元についてはいずれ——水音の聞こえてくるシャワー室のほうに眼を向けて鳴沢は忍び笑いを洩らした。

……こいつの身元についてはいずれ警察が調べてくれることになるはずだから、と。

NOISE 5

「――いえ、それほど若い男じゃなかったと思います」

ハンバーガーショップの従業員の制服を着た鮫島亜紀《さめじまあき》は首を横に振った。店がさほど混《こ》んでいない時間帯に店長に許可をもらい、外の遊歩道へ出てきてもらったのだ。

「すると強盗の顔を見た？」

街路樹の木陰で二十一歳のアルバイト店員に質問するのはもっぱら理会の役割で、馬飼野はその横で黙々とメモをとる。

亜紀は祈禱《きとう》するみたいに自分の胸もとで合掌し、頷いた。「ほんの一瞬、だったんだけど。首の後ろに、バチッ……て電気？　やられた瞬間、あっと思って、振り返って、すぐに全身が痺《しび》れるような吐き気がするような感じでなんにも判らなくなったんだけど、ほんとにその直前に、ちらっと」

「どんな顔でした？」

「うまく言えないんだけど、鼻が高くて彫りが深い感じでした。濃い口髭が西洋人みたいで。ほんとに西洋人かどうかは判りません。サングラスをかけてたので、眼の色とかは見えなかったし」

「髪の色は？」

「スキーキャップみたいなのを被っていたので、判りません。あのう、刑事さん、これってすべて、この前も別の刑事さんにもう何度も何度もお話ししたことなんですけど」

「ごめんなさいね、部署がちがうものだから。いろいろお手を煩わせるのは今日で最後にしますからどうかご協力をお願いします。その強盗が男だったというのはたしかですか。例えば女が付け髭で変装した感じだったりはしなかった？」

「なにしろほんとに一瞬のことだったんで、そう訊かれると自信がなくなっちゃいますけど、顔の輪郭とか、ごつい印象が残っているので多分、男だったと思います」

「さほど若くはない、と思ったのはなぜ？」

「ぱっと見と、それからその」亜紀は不快げに顔をしかめた。「臭《にお》い」

「におい？　体臭ですか、強盗の」

「なんていうか、あんまり若いひとの臭いって感じがしなかった」

「いわゆる加齢臭ってことかしら」

「判んないけど、とにかく全体的にあんまり若々しいという印象じゃなかった」

「じゃあ十代とか二十代、って感じではない？」

「四十か五十、くらいかな。六十まではいってないかな、ってところ」

「襲われる直前、背後に忍び寄ってこられていることには気づかなかったんですか」

「全然。自宅のすぐ近くまで来ていたものだから、油断してたかもしれないです。それにまだ八時ぐらいで、真夜中ってほどでもなかったし」

「あなたはその日、ここから帰宅する途中だったのよね」

「はい」

「帰るとき、もしかして携帯電話、使ったりしなかった？」

「お店を出たあと」なぜそんなことを訊くのかと訝《いぶか》しげな表情を浮かべつつも、亜紀はハンバーガーショップの建物を顎でしゃくった。「歩きながら家に電話しました、これから帰る、って」

「いつもそうしてるの？」

「うち、親が厳しくて。もうほんと、時代錯誤なくらい。女の子はふらふらしてないで早く嫁にいけ、って感じで。このバイトも、夜遊びなんかしないで毎日必ず帰るコールをするって約束でやっと認めてもらったんです」

「じゃあ夜道で強盗に遭《あ》ったと知って親御さん、さぞご心配なさったでしょう」

「危うくバイト、辞めさせられそうになりました。しばらく母親が車で送り迎えすることでなんとか妥協してもらったんだけど、恥ずかしいったらありゃしない。歩いて十分くらいのところなのに」

「問題の襲われた夜もあなた、歩いて帰っていたのよね。強盗のほうは？　乗用車か自転車などを使っていた気配は？」

「判んないけど、少なくとも車の音を聞いた覚えはない」

「あなたが気絶しているあいだに強盗は財布を奪っていったのよね。その間、何分くらい？」

「十分か、十五分？　はっきりとは判んないけど、一時間とかそんなに長くはなかったはず」

「気がついたとき、あなたはどういう状態だったの？　怪我とかは？」

「吐きそうというか、すごく気持ち悪かったこと以外は特に。家のすぐ前の道路に倒れてました。服がちょっと汚れてたけど、まあ雨が降っていなくてよかったかなと」

「他になにか変わったこと、なかった？」

「変わったこと、って」

「気絶しているあいだに、例えばだけど、手足を縛られたりしていたんじゃないかと思えるような痕跡があったとか」

「手足を縛られたり？　なんで？　気絶しているのに、その上またなんで、そんな……」ふと亜紀の声が萎《しぼ》んだ。「そういえば」

「なにかあった？」

「少しちがうかもしれないけど、目が覚めて、慌てて家に飛び込んだら母が、あんたどうしたのその顔は、って驚いたんです」

「顔がどうなってたの？」

「唇の周囲に細かい砂利《じゃり》がいっぱいくっついてて。鏡を見たらマンガの泥棒メイクみたいになってた。多分、倒れたときに付いたんだと思うけど、拭こうとしてさわってみたら、なんだか粘《ねば》つくんですよ、糊《のり》みたいに」

「糊、ね。それで？」

「判んないけど。それだけ」

「ここ、よく憶い出して欲しいんだけど、あなたが目を覚ました場所って、強盗があなたの首にスタンガンを押しつけたのと同じところだった？」

「え？」

「自宅のすぐ近くという意味では同じ場所よね。でも厳密に言って、ほんとにまったく同じ位置だったのかしら？」

以前の事情聴取ではされなかった質問であるらしく、その意図を測りかねているのだろう。亜紀はきょとんとした顔つきで、何度も瞬きしながら考え込んだ。

「えと……どうだったかな」

眼を瞑《つぶ》った亜紀はそのまま眠ってしまったのではないかと危ぶむほど長いあいだ黙り込んだ。理会と馬飼野は辛抱強く待った。

「あの」ようやく亜紀は眼を開く。「うちの家の前の道路って一方通行で、斜め前に新築のマンションが建っているんですね。そこの専用ゴミ集積所がちょうどうちのガレージの真ん前に位置しているんだけど——」

さらに記憶を探っているらしい、ひとさし指で輪を描きながら虚空に視線を彷徨《さまよ》わせた。

「強盗に襲われたとき、あたし、うちのガレージ寄りを歩いてたと思うんだけど……目が覚めたらマンションのゴミ集積所寄りに倒れていたような……うん、どうもそんな気がするんだけど」

「つまり、気がついてみたら道路の反対側へ移動していた、と？」

「そんな感じがする。自分で移動した覚えはない、ていうか、移動したくてもできるような状態じゃなかったし」

「もしもあなたの記憶が正しいとしたら、もしかして強盗は気絶しているあなたを道路の反対側へ移動させたんじゃないか、と？」

「かもしれない。どうしてわざわざそんなことをするのか判んないけど」

「なるほど。どうもありがとう。あとひとつだけ。あなたが盗まれたのは財布だけ？」

「その中味だけ、です。財布そのものは残ってたけど、現金が五、六千円と、あと銀行のキャッシュカードとクレジットカードが」

「カードのほうの被害はなかったの？」

「銀行とカード会社に連絡して、すぐに止めてもらったから」

「携帯電話は？」

「無事でした」

「データに悪戯とかされた様子は？」

「あたしもそれが心配で、すぐに調べてみたけど、特になにもされていなかったみたい」

「ときにあなたは、携帯の電話帳に友だちの電話番号をたくさん入れてるほうかしら」

「さあ。普通だと思いますけど」

「電話番号といっしょに相手の自宅の住所も入力したりする？」

またもや意表を衝かれる質問だったらしい、それが戸惑ったときの癖なのか、亜紀は何度も何度も瞬きする。

「いいえ、全然」

「ひとりも？」

「だってそんな必要ないし。意味判んない」

「なるほど。忙しいときにお時間をいただいて、どうもありがとう」

亜紀がハンバーガーショップの建物へ消えるのを確認してから、理会は踵を返した。

「——さて、以上で？」

「はい、そうですね」馬飼野は理会と並んで歩きながら手帳を捲った。「以上で一応、これまでスタンガンを使った連続強盗事件の被害に遭った方々、九人全員のお話を伺うことができました」ふうっと溜息《ためいき》をつく。「けっこう時間がかかりましたね。まあ他の聞き込みの合間を縫ってだから、仕方ないとはいえ」

「いろいろ整理しておきたいから、ちょっとどこかで腰を落ち着けましょ」

六月。酷暑を予感させる湿度の高い陽気の続く、とある昼下がり。

石畳の遊歩道を歩いていると、ちょうどオープンカフェがあった。理会と馬飼野は適当なテーブルを選んで腰を下ろした。

「――さて、一連のスタンガン強盗に関して、なにか気づいたことは？」

「まず被害者が全員女性であること。主婦やＯＬ、学生と職業はさまざまですが、いずれも夜間、徒歩で帰宅途中に襲われている。強盗の顔をまったく目撃していない方もいますが、ちらっとでも眼にしたひとの証言はスキーキャップ、サングラス、濃い口髭という特徴で一致しています」

「あと、目撃したひとに限って言えば、さほど若い男じゃなかった気がするという印象もだいたい共通している」

「そうですね。そしてスタンガンで気絶させられた場所と、その後、目が覚めた位置が微妙に異なっていた――という点。記憶が曖昧《あいまい》なひともいたけど、憶い出しているうちに、さきほどの鮫島さんのように、どうもちがっていたようだと言い出す向きが多かった」

「一連のスタンガン強盗は明らかに同一人物による犯行だと、そう断定していいでしょう。なによりのポイントはこの強盗、どうやら標的となる女性をランダムに選んでいるわけではなさそうだ、ということ」

「ええ。女性でなければならない理由もありそうですが、しかし女性なら誰でもいい、というわけではないようです」

「この強盗なりの基準に則《のっと》って標的を選んでいる。その基準というのが――」

「携帯電話、ですね」

理会は頷いた。「今日び老若男女を問わず、携帯を持っていないひとのほうが少数派かもしれないけれど、万が一、襲ってはみたものの相手が携帯を持っていませんでした――なんて事態だけは避けたいようね、この強盗って」

「さきほどの鮫島さんが典型的な例ですが、いずれの被害者も帰宅の途中で携帯電話を使っている。おそらくこの強盗はどこからかそれを盗み見して確認した上で標的を定め、尾行し、襲撃するチャンスを窺う――そういう手口だと思われます」

「では被害者たちの携帯電話のいったいなにが、この強盗の目的なのか？　それは九人の被害者たちのある共通点から推測され得る」

「全員、携帯の電話帳には友人知人の電話番号だけを登録している、ということですね。相手の自宅の住所までは入力していない」

「その共通点って、はたしてどういう意味を持つのかしら」

「いずれも犯人のおめがねには適《かな》わなかった、ということでしょう。だから九人ともがすんなり解放された、財布の中味だけを盗《と》られて」

満足げに頷く理会とは対照的に、馬飼野はやや居心地の悪い表情になった。

「……あの、城田さん、いまさらだけど、ひとつ確認させていただいてもいいですか」

「どうぞ」

「城田さんは、これら一連のスタンガン強盗の犯人は、内村多賀子と岡崎紫乃を殺害した犯人と同一人物であるとお考えなんですよね？」

「最初は漠然と、なにか関連があるかもしれないという程度の勘だった。けれど九人の話を聞いてほぼ確信したわ」

「つまり……」馬飼野の顔が歪んだ。「つまり一連のスタンガン強盗とは実は、連続強姦殺人事件の標的たり得る条件を具《そな》えている女性を選別するためのカモフラージュだと……？」

「犯人の真の目的は強姦殺人のほうなんでしょう。その犠牲者として選ばれる女性は誰でもいいわけではない。犯人は厳密に条件を定め、取捨選択をしている。条件を満たしていないとして候補から外れたのが鮫島さんをはじめとする九人のスタンガン強盗の被害者たち。そして——」

「運悪く犯人の設定する条件を満たしてしまい、殺されることになったのが内村多賀子、そして岡崎紫乃だった、というわけなんですね」

「犯人の手順はざっとこういう具合だと思う。まず携帯電話を所持していると確認できた女性をこっそり尾行する」

「内村多賀子は拉致された日の八時頃に自宅の固定電話に、岡崎紫乃は七時十分に馴染みのダイニングバーに、それぞれ携帯で電話している。それを犯人に見られていたんですね」

「犯人が目をつける女性の条件としてはあと、ひとりでいること、そして徒歩であることでしょうね。犯人は、ひと目につかない場所で相手の隙を衝いてスタンガンで気絶させる。おそらくここで犯人は、どこか離れた場所に停めておいた車のなかに女性を運び込むはず」

「どうしてそう考――」途中で馬飼野は、あ、と呟き、頷いて理会に先を促した。

「通りすがりの者に目撃されたり不審に思われたりしないよう、適当な場所へ移動した後、車のなかで犯人は被害者の携帯の電話帳を調べる。電話番号といっしょに自宅の住所も入力してある相手がリストになければ、その時点で彼女は用済み。財布から現金やカードを洗いざらい抜き取って単なる強盗事件の体裁をととのえておいてからもとの場所へ戻り、彼女を放置してゆく」

「目を覚ました鮫島さんがスタンガンで襲われたときとは微妙に異なる位置に倒れていたのは、そういうわけだったんですね」

「被害者の携帯の電話帳を調べるのは、登録数によってはかなり時間がかかる。のんびり屋外でやるわけにはいかないから犯人は絶対、車を用意して犯行に及んでいるはず」

「時間のかかりかたによっては、電話帳を調べているあいだに被害者が目を覚ましてしまうかもしれない。だから犯人は彼女たちが逃げたり、たすけを呼んだりできないよう、なんらかの措置を施していたと考えるべきでしょうね」

「ええ、鮫島さんの場合で言えば、唇の周囲が糊みたいに粘ついていたというのはおそらく、気絶しているあいだ、ガムテープかなにかで口を塞《ふさ》がれていたからでしょう。万一スタンガンの効き目が早く切れて暴れられたりしないよう、手足も縛るかどうかしていたはず」

「ともかく鮫島さんたち九人は、犯人の設定する条件を満たしていなかったため、その後、現金などを奪われただけで解放された。しかし運悪く条件を満たしていた内村多賀子と岡崎紫乃はそのまま犯人の車でどこかへ——あのDVDが撮影された犯行現場へ——連れ去られてしまったというわけですね」

「ええ」

「しかし……犯人はなんだってまた、そんなへんてこな条件を設定しているんでしょう？」

「女性を拉致したと脅迫し、彼女の凌辱ビデオを送りつける相手が必要、ということでしょうね。そのためにはその相手の電話番号のみならず、自宅の住所が絶対に必要だった、と」

「だから、なぜそんなややこしい手間をかけるんでしょう？　仮に犯人が自己顕示欲の強い異常性欲者だとしても、標的を単純に無作為に選んで、それでなにか支障があるとは思えない。ＤＶＤだってこの前も言いましたけど、警察かマスコミに送りつければそれで充分目的は達せられるはずなのに」

「たしかに、ね。標的を選別するための下準備としてスタンガン強盗を続けるのは当然その分、よけいとも言えるリスクを背負うことになる。そうそういつもいつもうまく相手を気絶させることができるとは限らないし、うっかりミスが不覚の事態、すなわち逮捕に直結しかねない。決して容易なことではないにもかかわらず犯人がそれらの手間を惜しまないのは、なにかよほどそうしなければならない理由があるから、なんでしょう」

「よけいなリスクを背負うといえば、もうひとつ、ちょっと気になっていることがあるんですけど」

「当ててみせましょうか。鮫島さんたちが強盗に遭った時間帯が少し早すぎないか——でしょ？」

「城田さんもそれ、気になってますか」

「みんな午後七時とか八時とか、この時期、へたしたらまだ明るそうな時刻に襲われている。もちろん鮫島さんがいみじくも言っていたように、まさかこんな早い時間帯にという被害者たちの油断に付け入るというメリットもあるのかもしれないけれど、これら一連のスタンガン強盗が連続強姦殺人の下準備なのだとしたら、犯人にとってはまた別の意味合いがあるのかも」

「内村多賀子は午後八時から八時十五分までのあいだ、岡崎紫乃は午後七時十分から七時二十分までのあいだと、ふたりとも比較的早い時間帯に拉致されたと思われる。そして内村多賀子の遺体が発見されたのが翌日の午前六時、岡崎紫乃が発見されたのが午前五時。犯人が遺体を遺棄したのは、堀北清次と名取泰博にそれぞれ被害者たちの携帯で脅迫電話をかけた直後だと思われるので、だいたい早朝四時から五時までのあいだだろうと。このことから犯人はまだ明るくなりきらないうちに被害者たちの遺体を遺棄したかったのではないか——そう考えられる」

「つまり、もしかして犯人は遺体遺棄の予定時刻から逆算して被害者たちを拉致する時間帯を設定しているんじゃないか——そんなふうに思われる節があるわけね」

「なにしろ被害者をＤＶＤ撮影場所へ連れ込んで乱暴した上、ビデオを編集し、脅迫電話をかけるのに使った携帯といっしょに、殺害した遺体をひと目につかないところへ遺棄してこないといけない。もしも早朝までにそれらの手順を完遂したいのであれば、被害者を拉致する時間を早めるしかない。その理屈自体は判りますが、しかしそんなリスクを冒してまで犯行を約十時間以内におさめなければならない理由がなにかあるんでしょうか？」

「先日、前浦さんも言ってたわよね、ずいぶんと慌ただしい犯行ぶりだと。なにか理由があるのか、それともないのか。いずれにせよ、全部ひとりでやるのはきつそう」

「あ。そうだ。いま気がつきましたけど、もし城田さんのスタンガン強盗は連続強姦殺人事件の下準備のためのカモフラージュ説が正しいとしたら当然、内村多賀子と岡崎紫乃を殺害したのは単独犯ではないという可能性が高くなりますね」

「ええ。堀北清次へ送りつけられてきたＤＶＤに映っていたレイピストは明らかに二十代、もしかしたら十代の可能性もある男だから。鮫島さんたちの観察眼を信じるならば、犠牲者を拉致する役割はそれとは別の年長の男が担っているはず」

「少なくともふたりいる、ってことですね」

「おそらくね。それと馬飼野くん、もうひとつ、気がついてる？」

「なんです」

「今回、話を聞いた九人のスタンガン強盗の被害者たち。そのうち四人は内村多賀子が殺害されるよりも以前に被害に遭っている。残りの五人のうちのふたりは多賀子が殺害された後、かつ岡崎紫乃が殺害される以前に被害に遭っている」

「ええと」と馬飼野は手帳を捲った。「はい、そうでしたね、それが？」

「そして鮫島亜紀さんを含む残りの三人がスタンガン強盗に遭ったのは岡崎紫乃が殺害された後のことだった……その事実は、はたしてなにを意味するのか」

あ、っと馬飼野は呻いた。「つ、つまり岡崎紫乃を殺害した後も犯人は新しい標的候補を探し続けている……？」

理会は重々しく頷いた。

「ということはもしかして、三番目の犠牲者がもうすぐ……」

「考え過ぎ……だといいんだけど」

理会の不安が的中するのは、この翌日のことだった。

＊

「……この女性の身元は？」

「名前は、まだ苗字しか判明していませんが、大室《おおむろ》さんだとか。年齢は多分三十前後で、デパートの店員だそうです」

早朝五時半。理会と馬飼野は鑑識課室のテレビ画面を注視していた。

レモンイエローのワンピース姿の小柄な女性が映っていた。セミロングヘアにカチューシャをつけた顔のアップでは気絶しているらしく眼を閉じているが、眼出し帽を被った全裸の男が登場すると後ろ手に縛られた上半身をよじって抵抗を始める。

背後から両脚を拡げられる恰好で抱え上げられたり、四つん這《ば》いにさせられたりしながら彼女は悲鳴を上げ、赦しを乞う。どの体勢でも男は性器結合部分をカメラに向かって見せつけるアングルを狙って両足を踏ん張る。

（おおおッ、いいッ、いいようう）ぶるぶる痙攣する下半身の動きに合わせて男の声が割れた。（いいよう、たまんないよう、う、産んで、産んでくれよう、ボクの子、産んでー、くひッ）

編集されたとおぼしき凌辱ビデオは約十五分ほどのあいだ、男の嬉々とした喘《あえ》ぎ声と女の絶望的な咽び泣きを延々と吐き出し続けた。

ほんの一時間ほど前、米倉省吾《よねくらしょうご》と名乗る若い男から警察に通報があった。早朝四時頃、見覚えのない090で始まる番号で携帯に着信があった、応答してみるとヘリウムガスかヴォイスチェンジャーを使っているとおぼしき声音で、おまえの知人の女性を誘拐したので身代金一千万円を用意しろ、と脅迫されたのだという。

米倉は脅迫者が仄《ほの》めかす女性が誰のことなのかこの段階ではまだまったく思い至らず、つまらない悪戯だと決めつけて寝なおそうとしたのだが、郵便受に放り込んであるという証拠品とやらが気になって見にいったところ、DVD入りの封筒を見つけた。好奇心にかられて再生してみたら明らかに本物の犯罪ビデオだったので仰天し、慌てて通報したのだという。

合同捜査本部に非常招集がかけられ、数人の刑事と鑑識課員が米倉省吾の自宅へ向かった後、理会と馬飼野は鑑識課室で問題のDVDの内容を再検証しているところだった。

「大室という姓しか判らない、というのは？　彼女はその米倉というひとの知人じゃないの？」

「この大室さん、デパートの紳士服売場にいるひとで、米倉省吾はその顧客のひとりらしい。それはたしかだが、接客の際に胸もとに着けているネームタグには苗字しか記されていないので、大室さん、だとしか判らないと。世間話くらいはしたことがあるが、年齢や家族構成なども含めてプライベートなことはいっさい知らないと言っているそうです」

「いま映っているこの男、この前、内村多賀子を乱暴していたのと同一人物よね？」

「眼出し帽で顔が判りませんが、少なくとも身体つきなどはとてもよく似ている。それになんといってもこの声。この気色悪い科白《せりふ》回し。まずまちがいなく同一人物でしょう」

「もしも犯人がこれまでと同じ方法で米倉省吾の住所を知ったのだとしたら、この大室さん、さほど親しくない男性の住所まで携帯の電話帳に入力していたのかしら？」

「どうでしょう。まだなんとも言えませんが」

「……なんだか変ね」

「なにがですか」

「さっきのところ」理会はリモコンを操作し、一旦止めていた映像を再生した。「——ここ」

馬飼野は再び女の絶叫と男の笑いの混ざった喘ぎ声を吐き出す画面のほうを向いた。

マットレスのようなものの上で胡座《あぐら》をかいた男が膝に女を抱え上げている。背後から挿入した陰茎の動きを確かめるみたいに男は彼女の股間に手を差し入れ、しきりに叢《くさむら》を掻き分ける仕種をしているのだが。

「……これが？　どうかしたんですか」

「ふたりが動くたびに彼女のワンピースのスカートの裾が落ちてくるでしょ」

馬飼野は再び画面のほうを見た。

男は腰を突き上げるたびに女の下腹部へとずり落ちてくるスカートの裾をせわしなくたくし上げている。

「そのようですけど。えと……だからなんなんですか？」

「前回の――正確には前々回と言うべきかしら――内村多賀子のケース、憶えてる？　黒っぽいスーツの上着と白いブラウスを最後まで着けたままだったでしょ、乱暴されている間、ずっと」

「そうでしたが」

「あのときはまったく気にも留めていなかったんだけど、どうもこの犯人は被害者を全裸にするつもりがないらしい。もちろんそれは単なる嗜好の問題かもしれない。でも今回はワンピースでしょ。こういう言い方はなんだけど、明らかに邪魔くさそうなのになぜすっぱり脱がさないのかしら」

「そりゃあやっぱり、その、な、なんていうんですか、そのほうが興奮するから、とか」

「果たしてそうかしら。もう一度よく見て、というよりも、よく聞いて、と言うべきかな」

同じシーンを再生する。馬飼野は言われた通り映像を観ながら意識して耳をそばだてた。すると男はワンピースのスカートをたくし上げる度に低く舌打ちしていることが判った。男に関しては快楽に喘ぐ声ばかりが印象に残るためかなり注意していないと気づかないが、その鼻息からは意外に苛立たしげな空気が伝わってくる。

「――ほんとうだ」領いた馬飼野はすぐに首を傾げた。「かなりめんどくさそうですね。たしかにこれならいっそワンピースを脱がしたほうがよさそうな感じで……なぜそうしないのかな？」

「判らない。あるいは――」理会はリモコンで画面を一時停止にした。「あるいは脱がしちゃいけないと命令でもされてる、のかな」

「命令？」馬飼野は半眼になった。「誰に？」

「共犯者か、あるいは主犯か」

「しかしなんでそんな命令をしなきゃいけないんです。なにか被害者の服を脱がしちゃまずいことでもあるんでしょうか」

「判らない。ともかく前回も思ったけれど、どうにも違和感を拭えないのよ、全体的に」

「違和感、ですか」

「単なる露出癖ではなくて、なにか理由があるんじゃないかしら、こんなビデオを撮影するのは。しかもかなり重要な。そんな気がする」

「しかし……」口惜しそうに馬飼野はそっと唇を噛《か》んだ。「これまでの例からして、このDVDが送りつけられてきたということは、この大室さんはすでに殺害されている……んでしょうか」

「かもしれない。でも、まだ生きているかもしれない」理会も表情を強張《こわば》らせている。「この撮影場所がどこだか判りさえすれば……」

「歯痒《はがゆ》いですよね。犯人はおそらく今回も被害者の携帯を使っているんだろうから、GPS機能さえ駆使すれば――」ふと馬飼野の声が萎んだ。あ、と口を開けて低く呻く理会と眼が合った。「GPS……そうか」

「それよ、馬飼野くん、そうか、どうして気がつかなかったんだろ。それだったんだ」

「い、いや、待ってください、城田さん、し、しかしですね、だとすると別の問――」

「お話し中、すみません」前浦がおずおずとふたりに割って入った。「これ……」

「え？」

「この、前回も映っていた例の大振りの組板のようなもの、なんですが」前浦は一時停止している画像の隅を指さした。「これ、この前の内村多賀子のときと少しアングルが違っているせいか、ほら、この横になにか文字があるのが見えませんか？」

テレビ画面を覗き込もうとした理会と馬飼野の頭が互いにぶつかりそうになった。

「ＹＡＭＡＨＡ――と読めませんか？　てことはこれ、形状からしてキーボードじゃないでしょうか、電子ピアノかなにかの」

NOISE　6

「——ひさしぶりに、おまえん家《ち》へ行ってもいいかな」

　小料理屋を出て、ひとつ伸びをした栗原正明は、ふと如何にもいいことを思いついたとでも言いたげにそう鳴沢に笑いかけた。

「いま住んでるのってマンションだっけ？　そっちじゃなくてさ、実家のほう」

　まずいな、と鳴沢は内心焦った。

　改めて考えてみるまでもなく、いつノスタルジックな気分にかられた正明がそういう提案をしてもおかしくないわけなのに、これまでその場合の対処法を全然考えていなかった。迂闊な話だ。

「練習用スタジオ、まだ昔のままなんだろ？」

「あ、ああ……」

「じゃあひとつセッションなんてどうだ？〈F・M・K・K〉じゃなくて〈F・M〉のふ

たりだけだが。一杯やりながら、さ」

「っておまえ、ベース、どうするんだ。いまから取りにかえるのか」

「啓太のドラムセット、まだ置いてあるって、たしかこの前、言ってたじゃないか。それ、おれが叩くから、おまえは自分のキーボードで」

本職はベーシストだが〈F・M・K・K〉時代、正明は曲目に応じてパーカッション各種をかけもちすることがあった。ドラムもエイトビート、シックスティーンビート程度ならそれらしく叩ける。器用な質なのだ。

「だけど――」

「いいじゃないか、どうせお遊びなんだし」

「いや、実はな……」

言い訳として使えるのはとりあえず浩雄の存在しかない。が、それをこのタイミングで正明に明かしておいて後々なにか支障の出る恐れはないのか。とっさには鳴沢は判断できなかったが、他の選択肢を思いつかない。

「実はいま実家に甥っこを住まわせていてな」

「甥ごさん？ ていうと」首を傾げかけた正明は眼を丸くした。「……え、まさかあの鳴沢のお姉さんの？」

「そう。ひとり息子」

「お姉さんに息子さんがいたのか。というか、結婚してたことも知らなかったな。そうか、あのお姉さんが、ねえ」

夢見心地な正明の表情を見て鳴沢は妙な気分になった。

「栗原に紹介したことあったっけ、うちの姉？」

「いや、直接会ったことは一度もないよ。おれたちが鳴沢ん家のスタジオへ出入りしてた頃は、えと、お姉さん、東京にいたんだよな？　大学生で。だけど中等部一年生のときだったか、たしか向こうが卒業式直前で。校内でちらっと見かけたことがある。なにしろみんなの憧《あこが》れの的だったからさ、ときめいた覚えがある」

鳴沢の姉は〈古我知学園〉在校時代は才色兼備のマドンナとしてちょっとした有名人だった。弟の立場としてそれは誇らしいというよりも少なからずコンプレックスの種だったのだが。

「で、あれは中等部三年生になったばかりのときだったか、ほら、鳴沢がおれのこと、バンドにスカウトしにきたじゃん。その場ではぴんときてなかったんだけど、後であの鳴沢さんの弟だと知ってずいぶん驚いたよ」

複雑な鳴沢の胸中を尻目に、正明は酔いも手伝ってか珍しく上機嫌だった。

「なつかしいな。お姉さん、元気？」

「いや、すまん、おまえには言いそびれてたな。姉は死んだ」

「え」

「四、五年前だったか。質の悪い乳癌《にゅうがん》で」

「そうだったのか……いや、こちらこそすまん。全然知らなかったとはいえ」

「両親が死ぬ直前、我が家ではいろいろごたごたがあってな。親父とおふくろの大反対を押し切って、かけおち同然に結婚した姉は、結局ふたりの葬儀にも来なかった。自分が死ぬまで東京に居ついたままだった」

「で、お姉さんの死後、おまえが甥ごさんを引き取った、と」

「いや、そうじゃないんだ。甥の父親はまだ存命なんだが、かなり高齢で、どうやらいま長期入院中らしい」

「たいへんだなそりゃ。ん、まてよ、その甥ごさんて何歳だ」

「いま二十二」

「おとなじゃないかもう。なんでおまえが引き取ったりしなきゃいけないんだ」

「だからそうじゃないんだって。この甥っ子ってほんとに出来の悪いやつでさ。姉が死んだ後、大学を勝手に辞めるわ、仕事にも就かないわ、怪しげな借金をこさえるわで」

「おやおや」

「歳をとって授かった子供のせいか、父親がかなり甘やかしっぱなしだったらしい。その父親が元気なうちはよかったが、入院したら周囲に味方がひとりもいなくなって。異母兄弟をはじめ親族一同から鼻摘《つま》み者になった挙げ句、おれを頼って東京から出てきたってわけ」

「異母兄弟ね。なんだかいろいろ複雑そうだな」

「とりあえず借金をなんとかしたいと泣きついてきた。甘やかすと本人のためにならんから最初は断っていたんだが、こちらで頑張って仕事を見つけるからなんとか、って拝み倒されて」

「それで実家のほうに」

「ああ、根負けしちまった」

「でもそれ、母屋のほうじゃなくて？」

「母屋のほうだ」

「じゃあ別にいいじゃないか、気にしなくても。スタジオは離れだし。音が洩れる心配もないし」

「いや、離れに明かりが点いてたら、いくら音がしなくても来客だと気づくだろ」

「それもだめなのか」

「もしも甥が離れへ様子を見にきて、こちらが酒の匂いをさせてちゃあな。ちょっとまずい。

仕事が見つかるまで夜ふらふら出歩いたりするのは厳禁って言いつけてある手前、臍《へそ》を曲げるかもしれん。おれはだめなのに自分はいいのかよ、とかって」

「そんな餓鬼《がき》っぽい」

「餓鬼なんだよ、まだまだ精神的には。おれも表面的には厳しく接しているつもりだが、本音では腫れ物にさわるような気持ちなんだ」

我ながら苦しい言い訳で正明がどの程度納得したのかは心許《こころもと》なかったが、鳴沢としてはこの設定で押し通すしかない。

仮に正明を実家の離れへ連れていったとしても、母屋にいる――いま外出していなければだが――浩雄は多分気づかないだろう。だが離れと隣接するプレハブにいる〝ダブル〟はどうか。たとえ〝ダブル〟のほうから出てこなくても、懐かしがった正明が昔のおまえの勉強部屋を見せてくれよ、なんて言い出したりしたらまずい。

「じゃあ仕方ないな」

「どこか二軒目へ行――まてよ」そうか、これはいい口実ができたと鳴沢は思い当たった。

「おまえん家、たしかこの近くじゃなかったっけ?」

「う……うん」

「そういや、おまえがUターンしてきてからずいぶん経つのに、まだ一度もお邪魔したことがないな。お蔭で奥さんと娘さんに紹介してもらう機会もないままで」

正明は急に酔いが醒《さ》めたみたいに憮然《ぶぜん》としていたが、やがて気を執り直したのか、微笑んだ。

「そうだな。じゃ、おれんとこへ行くか」

土曜の夜、繁華街を通り抜ける。歩きながら正明は携帯電話を取り出した。着信履歴のチェックでもしているのか黙々とキーを操作する。

「栗原、おふくろさんは？」

「ん。相変わらず、安西《あんざい》さんと」

安西さんとは正明の母親の内縁の夫だ。生前ベーシストだった正明の父親は彼が大学生のとき、病死している。

「晴晃《はるあき》くんは？」

「も、相変わらず」苦々しげな表情で正明は携帯電話を仕舞った。「いったいどこをふらふらしているのやら」

晴晃は正明の二歳下の弟だ。

かねてより正明たちの母親は、息子がふたりとも結婚するまでは栗原姓のままでいる意向だと公言している。それが安西氏と未だに籍を入れていない主な理由だ。ところが正明がさっさと妻帯したのとは対照的に、弟の晴晃のほうは母親の身勝手な都合に合わせた結婚なんか絶対にしてやらないと依怙地《いこじ》に反発し続けているのだという。

「まだおふくろさんに対して、わだかまりがあるのか」

「みたいだな」

栗原未亡人と亡夫、そして安西氏の三人は、かつて同じ地元オーケストラに所属する音楽仲間だった。栗原夫婦は結婚後も安西氏との親密な交友をずっと続けていたという。

栗原未亡人が安西氏と同居生活を始めたのは息子ふたりが大学を卒業した後で、亡夫の死後五年ほどが経過していた。ところがほどなくして、安西氏の経済的援助は彼女の亡夫の入院中から始まっていたことが明らかになる。晴晃が納得できないと拘泥し続けているのはその点なのだという。

「小さい頃は晴晃のほうが母親べったりだったんだがな。あるいはその反動なのかね。自分が知らないところでずっと安西さんに生活費や学費を出してもらってたのが、それほど赦せないことなのかな。おれには判らんよ」

母親とその内縁の夫に対する面当てのつもりか晴晃は未だに定職にも就かず、もちろん結婚もせず、バイトをして金を貯《た》めては海外を放浪したりしているらしい。

「晴晃くん、安西さんに経済的援助をしてもらってたこと自体にはさほど抵抗はないんじゃないか。むしろそれを自分がずっと教えてもらえなかったことに反発してるような気がする」

「そやまた穿《うが》ち過ぎた見方だ」

「いまどこの国にいるんだ」

「いや、地元へ戻ってきてる」

「でもさっき、相変わらずふらふら、って」

「おれも携帯の番号を知ってるだけで、晴晃がどこを定宿にしているのか教えてもらってない。どうも女友だちのところにでも転がり込んでいるんじゃないかな。あいつももう四十を過ぎたからさ、なんとか落ち着こうとはしているらしいが、それをおふくろに知られるのは嫌らしい。だからときおりこっそり、おれのところへいろいろ相談がてら顔を見せにくる」

「やれやれ。子供みたいな」

「鳴沢の甥ごさんの話じゃないが、まだまだ餓鬼なんだよ、精神的に。忘れた頃にわざわざ兄に会いにくる理由はただひとつ。おふくろがどうしてるのか知りたいんだ。それが見えみえなのに本人は他の話題でうまくごまかしてるつもりなんだから、もういい加減マザコンは卒業しろと。だいたい息子がふたりとも結婚するまでは栗原姓でいたいなんて、建前とまでは言わんが、さほど重要な問題じゃないに決まってる。おふくろはもう七十だぜ。孫娘だって高校生になったのに、いまさら安西さんと籍を入れるだの入れないだのって」

あれこれ喋っているうちに正明のマンションへ着いた。

「——散らかってるがな」

玄関ドアを開けると正明は照明のスイッチを入れた。明かりが点く。

白い靴箱の上に大きな写真立てが飾られていた。長い髪の少女をあいだに挟んでスーツ姿の正明と彼と同世代とおぼしき女が微笑んでいる。

「おや、これはもしかして？」

「うん、女房と娘だ」

フォトスタジオで撮影したものらしい。地元の公立中学校の制服姿の正明の娘は、父親に似て年齢不相応なほど垢抜《あかぬ》けた美貌だ。一方、彼の妻は生活感が前面に出過ぎていてあまり魅力的に写っていない。少なくとも正明ならもっと美人の嫁さんだって選《よ》りどりみどりだったろうにと鳴沢はつい思ってしまう……そう、あの奏絵だって、と。

そう思いながらふと視線を横にずらすと、その奏絵と眼が合ったものだから少し意表を衝かれた。〈古我知学園〉の制服姿で愛用のエレキギターを持っている。

大振りの写真パネルだ。写っているのは奏絵だけではない。彼女を挟んで向かって右側にエレキベースを持った正明、向かって左側に鳴沢、そして奏絵の背後でドラムスティックを構えた啓太がそれぞれカメラ眼線で微笑んでいる。〈F・M・K・K〉最後の記念写真だ。

なにしろまだ高校生だ。みんな若い。いや、幼いと言うべきなのか。四人の瞳の輝きはいまの鳴沢の眼には眩《まぶ》しいというより痛々しいばかりだ。

「おまえ……まだこれを持ってたのか」

「せっかく親父さんがつくってくれたんだしさ」

鳴沢の父親が、バンドの記念写真を撮影するのならプロに頼めと言って、知り合いのフォトスタジオのカメラマンを出張させてくれたのだ。そして出来た写真をこうしてパネルにして各メンバーに一枚ずつプレゼントした。

「おまえだってまだ持ってるだろ？」

「実家の母屋の居間に置きっぱなしだがな」

そして『〈F・M・K・K〉メモリーズ』のテープは防音スタジオのカセットデッキに入れっぱなしだ。鳴沢は、正明と自分のそれぞれ過去に向ける眼差しの落差を冷たく感じた。

「自宅に防音スタジオを造ったり高価な機材をあっさり買ってやったりして息子を甘やかし過ぎだと言う先生もいたけど、おれは好きだったな、鳴沢の親父さん。哲学があったよ、金っていうのはこういうことに使ってこそ意味があるんだ、って」

たしかにいま思えば、バンド活動に関しては鳴沢の父親がいちばん理解があった。しかしそのことが未来の禍根になったという発想が微塵もないらしい正明の口調に、鳴沢は苦々しい憤怒を禁じ得ない。自分の感情が理不尽であることも薄々判ってはいたが、どうにもならなかった。

「啓太の分のパネルは……あのとき、柩《ひつぎ》に入れたんだよな、テープといっしょに」

あのときとは啓太の葬儀のことだ。最後のレコーディングで作った『〈F・M・K・K〉メモリーズ』のカセットテープと写真パネルをいっしょにして啓太の柩に入れた。正明、奏絵、鳴沢の三人で。

あのとき柩に取りすがって泣き崩れていた奏絵の姿はいまも鮮烈に脳裡に浮かぶ。が、その意味は鳴沢のなかですっかり変わってしまった。暗く冷たいなにかに。

「――ま、上がってくれ」

鳴沢はダイニングへ案内された。続きになったリビングに大型テレビが置いてある。

「お、これか？　この前言ってた、鬼の居ぬ間に買い替えた新しいテレビってのは」

からかう口調だった鳴沢の声がふと萎んだ。リビングと続きになった和室にその視線が釘付けになった。

一眼レフのデジタルカメラを付けた三脚が立てられている。ビデオカメラではなかったものの、三脚との組み合わせというのはいまの鳴沢にとってそれだけでも微妙に落ち着かなくなる眺めだ。

そのうえ和室の壁には一面、垂れ幕のように白いシーツが張り巡らされており、三脚の周囲の畳もカーペットで覆われている。まるでフォトスタジオのような趣きだ。

「……なんだこれ？　おまえに写真の趣味があったとは知らなかったな」

正明は無言でキャビネットの上に置いてあったなにかを手に取った。フォトブックのようだ。無造作に開いたページを鳴沢へ差し出してくる。

「ほう、こりゃなかなかの美人じゃ……」

鳴沢は口をつぐんだ。そこにファイルされている大判の写真。レオタードに身を包んだ金髪のロングヘアのバタ臭い容貌のモデルが写っている。胸の膨らみといい腰のくびれといいそれはスタイルのいい女にしか見えないのだが、どことなく違和感に囚われる。やがて鳴沢はその違和感が既視感であることに思い当たった。

「おまえ、こ、これ……」

口をあんぐり開けたまま絶句した鳴沢の眼が、のろのろと正明と写真の間を何度も何度も往復する。写真のモデルは他ならぬ正明自身だった。

「水割りでいいか？」

正明は平然とキッチンからスコッチのボトルとアイスペールを持ってきた。

「よく撮れてるだろ。最近は便利になったよ。デジカメは高画質だし、プリントもプリンターを使って自宅でできる。こういう趣味の者にとってはありがたい時代だ」

「栗原、おまえ……」

そんな趣味のおまえがいったい全体どうやって奏絵と関係を持てたんだ……危うくそう口走りかけた鳴沢は声の塊りを呑み込んだ。

「一応断っておくが——」と正明はそんな彼の胸中を見透かしたみたいな口ぶりで水割り入りのタンブラーを鳴沢に手渡した。「おれは別にゲイじゃないぜ」

いきなりそんなふうに言われても鳴沢はなんと答えたものか全然判らない。

「セックスに関しては女しか相手にしない。男となんか真っ平ごめんだ。玄関の写真を見てもらえば判る通り、ちゃんと結婚して娘もいる。な？」

「じゃ……じゃあ、なんなんだよ、この半端ない美人っぷりは？」

「趣味だとしか言いようがない。たしかに世間には男と愛し合いたいがために女装したり性転換したりする男もいる。が、おれの場合はそうじゃない。ただこんなふうに日常とはちがう自分の姿をかたちにしておきたいだけだ」

「よく判らん」

「判ってもらおうとは思わんよ」

「……いったい、いつ頃からなんだ、こういう趣味を始めたのは？　それとも生まれつきか？」

「そうだな。実践はしなかったが、そういう衝動を自覚したのは小学生の頃か」

「そんなに昔から？」

「女の子たちは服装がバラエティ豊かで羨《うらや》ましかったよ。しかし当時はさすがにスカートを穿いてみる勇気はなかったな。いまでこそノンケの男でも女性用ファッションやメイクを堂々と楽しめるようになった。こんなふうに――」と正明は自分の顔を指さした。「大の男が眉をきれいに切り揃えたり描いたりしていても誰も不思議には思わない」

「実践し始めたのっていつからだ」

「高校生になってからかな」

「じゃあもうおれとは知り合ってたんだな。全然知らなかった」

「いくら友だちでも、いや、友だちだからこそ、知られるわけにはいかない。知られたら変態扱いされるだけ。へたすりゃ絶交だ」

「奥さんは？　知っているのか、それとも――」

「あるいは薄々気づいているのかもしれないが、はっきりしない。少なくとも彼女と改まって話題にしたことはない」

「もしかしておまえを単身赴任みたいなかたちでこちらに残して奥さんが娘さんを連れて東

京へ戻ってしまったのって、この趣味となにか関係が……」

「それはない。いや、あるかもしれないな。もしも関係があるとすれば、それは夫が独りで心置きなくこの趣味に浸れるようにしてやろうという彼女なりの心配りだったんだろう」

それはまたずいぶんと固い信頼と絆《きずな》で結ばれた夫婦愛だなと鳴沢は皮肉っぽく思わずにはいられなかったが、さすがに口にはしなかった。

「しかしもうしわけないが、おれには理解できそうにない。セックスは女としかしないんだろ?」

「ああ」

「なのになぜ自分が女の恰好をしたがるんだ。矛盾している」

「おれも昔はそう思ったよ。だが大学時代、いろんなひとと知り合って、そうでもないと考えるようになった」

「たしかにいろんなタイプの人間がいそうだものな、東京には」

「まさに。同じゲイでも、さっき言ったように自分が女に変身しないと始まらないタイプもいれば、あくまでも自分が男であることにこだわるタイプもいる。安易にひと括りにはできないよ。女装にしてもそうだ。おれはこうしてウイッグやメイクを使ってのコスチュームプレイの範囲内で満足できる。が、そうではなく肉体から女にならないと自分が本来あるべき自分だとは思えないというタイプもいる」

「なんていったっけ、性同一性障害、か」

「その言葉もいまじゃだいぶ人口に膾炙《かいしゃ》されるようになったが、まだまだひと筋縄じゃいかんよ。少なくともおれは自分のこととしてすべてを語れる自信はない。性転換手術にまで踏み込まないと自分が本来の自分であると実感できない人生というのはさぞかし辛《つら》かろうと想像してみるくらいしか——」

「おまえは手術とかを考えたことはないのか」

「一度もない……というと嘘になるかもしれんが、基本的には、怖い、というのが本音だ、身体にメスを入れるのは」

「そうだろうなもちろん、そうだろう」

「さっきも言ったが、学生時代、いろんなひとに出会った。なかには性転換手術をしたひともいた。だが身体を壊して、若くして生命を落とすケースが多かった」

「手術が原因で？」

「別に失敗したってわけじゃない。が、整形手術一般も同じだが、身体にメスを入れるとはすなわち、断切された毛細血管が二度と元へは戻らないことを意味する。少なくとも百パーセントは無理だ。そしてそれが一説には老化を早めると言われている」

「ほう」

「いま喋っていることはすべて受け売りなんだが、実際に早死にした知人の例を目の当たりにすると、そうなのかもしれないと思ってしまう。考えてみれば良性の腫瘍《しゅよう》の除去手術でさえ躊躇《ためら》うひとが現実にいるのには、それ相応の理由があるんだよ」

「おまえが、怖い、って言ったわけが判ったよ」

「しかし、なんの因果か、同じ話をひと月のあいだに二度もする羽目になるとは思わなかった」

「え。というと？」

「先週だったかな、晴晃が来ててな、やっぱりこの話になった」

「ひょっとして、そのときもあんなふうにカメラを出しっぱなしにしてたんじゃないのか」

「まあな」

「晴晃くん、どう言ってた」

「さすがに引くかなと思ったんだが、そうでもなかったな。むしろこれまでの人生のなかでは弟ともっともじっくり話し込んだときだったかもしれん」

「それは理解を示してくれたってこと？」

「いや、自分には判らん世界だと言ってた。それは鳴沢と同じだ。まあ兄貴には兄貴の人生があるんだよなとも言ってくれてたから、そういう意味では理解を示してくれた、のかな」

「なかなかおとなじゃないか、晴晃くん。さっきおまえ、餓鬼だなんて言ってたが」

「子供のときは男兄弟、反発し合うことのほうが多かったような気がするんだが……晴晃も昔べったりだった母親に反目したのがきっかけになって、兄のほうを身近に感じるようになったのかもな」

ひょっとしてこんなふうに意味ありげにデジタルカメラを出しっぱなしにしてあるのは、自分の趣味のことを訪問者に喋って楽になりたいという正明の無意識の願望の顕《あらわ》れなのかもしれないと鳴沢は思ったが、敢えて口にはしなかった。それよりも。

こんなふうに女になりたいと願う男が実際にいるのか。しかもこんな身近なところに。おれには到底理解できない世界だ、鳴沢は改めて思った。にもかかわらずふと心のどこかで正明に共感している自分に気づき、驚いた。自分には性転換願望も女装趣味もない。それは明らかだ。なのになぜ？

鳴沢は変なことを憶い出した。そういえば思春期の頃、ちょうど性に目覚め始めの時期、自分も女に生まれたらよかったのにとそんなふうに思ったことがあったぞ、と。

しかしいま改めて考えてみると、それは女になりたいという変身願望ではない。議論の次元そのものがまったく違う。鳴沢の考えていた女とは性別ではなく、損得勘定を左右する立場のことだった。

これなら女に生まれてきたほうが得だった——たしかに鳴沢は一時期よくそう思った。男と女の社会的力関係がぼんやり見通せるようになって。

どう考えても男と女とは平等ではない。女は弱いなんて言い種は嘘っぱちだ。女のほうが圧倒的に有利な立場を、生まれながらにして獲得しているじゃないか。そう。女の肉体という極めて換金性の高い商品を最初から所有しているじゃないか。

鳴沢の脳裡に浮かんできたのはまたしても〝アサバ夫人〟のイメージだった。女の肉体を担保にして本来得られるはずのない利益をちゃっかり得る。それは男には絶対にできない不正行為だ。いや世の中には男娼《だんしょう》というものも存在するぞという反論は無効だ。それは社会的承認が得られにくいという点で女の奸計《かんけい》には太刀打《たちう》ちできない。女のいかさまは世界に認められているのだ。将棋に譬えれば、勝負を始める前からこちらの飛車も角も向こうが獲《と》っているようなもの。いや、こちらの陣営にあるのは王将の駒だけかもしれない。勝てる道理がどこにある。露骨な不平等だ。

鳴沢は学生時代にソープランドで童貞を捨てて以来、四半世紀、金銭の介在しない性行為というものを一度たりとも経験していない。すべて商売女相手だった。

若い頃はそのことになんの疑問も抱かなかった。女を抱くには金が要る、議論の余地などあろうはずはない。太陽が東から昇って西へ沈むのと同じくらい自明の理だった。

しかしすっきりしようとするたびに一定の金を搾り取られるシステムのなかにずっぽり嵌まり込んだ己れの半生を改めて思い返してみると、湧き上がってくるのは紛れもなく屈辱だ。そして憎悪。

そうか、やっと判ったと鳴沢は思った。なぜおれは自分の目的を果たすために、女を拉致しては殺すという少なくないリスクを伴う上に煩雑の極みな手段をわざわざ選んだのか、そのもっとも重要な理由がやっと判った、と。

女の肉体の換金性。それを剝奪《はくだつ》してやりたかったのだ。汚物を垂れ流して息絶え、あとは腐敗するだけの蛋白質《たんぱくしつ》の塊りとなった物体に、もはや商品価値などない。ゴミ同然。いや、あれは本来ゴミなのだ。女の肉体なんてものはそもそもただの糞袋《くそぶくろ》なのだ。男どもはなにを血迷ってそんな廃棄物に、かつてのおれ自身のように嬉々として金をざぶざぶ注ぎ込む。いい加減に目を覚ませ。

その証拠に、見ろ、女たちの首を絞めたとき、おれの味わったあのえも言われぬ解放感。

あれが。

あれがすべてを物語っている。

すべてを物語っているんだ。

NOISE 7

「――防音室だって？」

はい、と頷いて古市はビデオ映像をプリントしたものをマグネットでホワイトボードに留めた。

「ご覧になれますでしょうか。これが前回の内村多賀子のＤＶＤでも確認できたスピーカーを含むオーディオ機器一式、そしてこちらは持ち運び用ケースに入れてある電子ピアノだと思われます。それからこれ――」

別のビデオ映像のプリントを留める。

「画面の隅ににょきっと突き出て見える篦のようなもの。これはシンバルではないかと」

「シンバルってあれか？　大きな皿みたいなものを二枚合わせて、バッシャーンと鳴らす――」

「はい。それを、写ってはいませんが、これは多分スタンドに立ててある。つまりドラムセットの一部ではないかと考えられます」

「オーディオ機器に電子ピアノ、そしてドラムセットか」

「これらのものを常置してあることから判断して、例えば音楽鑑賞をしたり楽器の練習をしたりする際の騒音対策のために個人宅に設置された防音スタジオなのではないかと」

「そこへ犯人は被害者たちを連れ込み乱暴した、というのか」

「名取泰博によって勝手にDVDが処分されてしまった岡崎紫乃のケースは確認できませんが、少なくともひとり目の被害者である内村多賀子、そして今回の大室奈美《なみ》はともにかなり大きな声で抵抗を試みています。が、眼出し帽を被った犯人はいっこうにそれに頓着《とんちゃく》する様子がない。彼女たちの口を塞ごうともしない。つまり被害者に大声を出されてもかまわない環境を用意していたわけで、このことにはもっと早く着目するべきでした」

「しかしこのオーディオセット、ずいぶんと無骨なデザインのような気がするが」

「おっしゃる通り。それぞれのメーカーに問い合わせてみたところ、このオーディオセットと電子ピアノはともにかなり古い型だそうです。おそらく三十年ほど前に出回っていたモデルではないかという話でした」

三十年前か、という低い呟きがあちこちで上がりユニゾンになった。

「ただし電子ピアノについては中味を見たわけではないので、ひょっとしたら新しいモデルを入れてあるのかもしれませんが、少なくともこの持ち運び用ケースはかなり古いものだそうです」

「ということは、この防音室もかなり昔に造られたものだ、とか？」

「その可能性は大いにあります。防音設備を取り扱っている業者に訊いてみたところ、三十年も前に趣味で防音スタジオを個人宅に設置するという例は少なくとも地元ではそれほど多くなかったはずだとのことなので、この方面からのローラー作戦もかなり有望かと――」

「いやまて。これがもし防音室だとしても、個人宅とは限らない。どこかの音楽教室の類いかもしれない」

「それに三十年前の機器や楽器を常置してあるからといって、この部屋も同時期に造られたものだと判断していいものかどうか」

古市は別のプリントを三枚、ホワイトボードに貼り付けた。

「こちら、現場の壁や床、そして天井部分などを拡大した写真ですが」

そのなかの一枚を指さした。特徴的な半円形のものが写っている。

「この車のハンドルを半分に切ったかのような形状のものは、防音室用ドアのハンドルレバーだと思われます。業者の話によりますと、これらの素材や処理の仕方から類推して、この部屋は最初から防音スタジオとして設計されたものではなく、既成の和室を改造したものではないかと」

「和室？　どうしてそう考えられる」

「専門的なことはよく判りませんが、この写真を見る限りでは先ず床の畳を剝いでおいてから、部屋の形状をなぞって組み立てた遮音壁《しゃおんへき》の箱をそのますっぽり内側に嵌め込むという工法が採用されているのではないか——とのことでした。すみません、わたしもいまいちよく理解していませんが、ともかく民家の和室を後から改造した防音室ではないか、というのが専門家の見解です」

「そうか。すると仮に音楽教室の類いなのだとしても、もともとは個人の住宅である可能性が高いわけだな」

「加えてこの工法は現在はほとんど受注がないんだそうです。三十年ほど前に造られたものだと考えても大きくまちがってはいないだろう、とのことでした」

「もちろん三十年も前となると、該当業者を突き止められたとしても記録が残っているかどうかも心許ないが、一応当たってみる価値はありそうだ」

「ところで先日、城田警視よりご指摘のあったスタンガン強盗との関連ですが——この写真をご覧になってください」

古市がホワイトボードに貼った写真にはスキーキャップとサングラス、そして口髭が特徴的な男が写っている。

「これは五月、岡崎紫乃が殺害された日の早朝、名取泰博の別宅マンションの玄関ホールの防犯カメラが捉えた映像をプリントしたものです」

さらに三枚、同じ男が違う角度から写っている写真を横並びに留めた。

「この男がマンションの郵便受に封筒を差し込んでいるところがはっきり写っています。何号室の郵便受なのかは手もとが死角に入っているため確認できませんが、撮影されたのが午前四時の数分前である点と、そしてこの写真――」

もう一枚、マグネットで留められた写真は、郵便受に封筒を差し込んだ後、踵を返そうとしている男の姿が写っていた。手に持った赤いものを耳に当てている。

「これ……もしかして携帯電話か？」

「そうです。岡崎紫乃から奪ったものでしょう、これが脅迫電話をかけている最中なのだとすると、この封筒が名取泰博が受け取ったとされるＤＶＤディスク入りのものだったと思われます」

「脅迫電話をかけるのとＤＶＤ入り封筒を放り込んでおくのをほぼ同時にやっているわけか。他の二件でもそうだったのかな」

「堀北清次と米倉省吾は？　彼らの郵便受にＤＶＤを入れている映像はないのか」

「残念ながらふたりが住んでいるのはそれぞれ古い賃貸マンションとアパートで、郵便受の付近に防犯カメラは設置されていません。この男の写真を、この三月から続発している女性ばかりを狙ったスタンガン強盗の被害者たちに見せたところ一様に――といってもたまたま強盗を目撃した者に限っての話ですが――よく似ているとの答えが得られました。どうやら携帯の電話帳に知人の自宅の住所を入力している女性ばかりを選んでは拉致して殺害するという犯人の行動の法則性が裏づけられそうな雲行きになってきました」

「しかし、なぜわざわざそんな、強盗を偽装してまで拉致する相手を選別するような真似をするのか。なんの意味があるんだいったい」

「それは犯人を確保して本人に訊くしかなさそうですが、ともかく大室奈美の遺体から採取された精液のＤＮＡが先の二件のものと完全に一致したことを受けまして、市民にはスタンガンを使って女性を拉致する連続強姦殺人犯が野放しになっている旨を周知徹底し、より厳重な注意を喚起してゆかなければなりません」

これから本部で一課長、捜査主任による記者会見が予定されており、その公表内容の事前確認が行われた。

「これまでにスタンガン強盗が出没している時間帯が午後七時から八時までのあいだと、かなり早い。日照時間が長くなる季節だからといって油断は絶対に禁物、特に徒歩で通勤通学している女性たちはなるべく独りにならぬよう、注意を呼びかけてゆきたいと思います」

公表すべきか否か、結論がなかなか出ない問題もあった。例えば被害者たちの携帯の電話帳に関してだ。電話番号を登録している知人の自宅の住所さえ入力していなければ強盗に遭ってもそのまま解放され、たすかる可能性が高い——そう情報公開しておくべきだとの意見は当然あった。が、慎重論も根強い。

電話帳に知人の自宅の住所入力云々がこの事件ではどういう意味を持つのか、その説明が難しいというのがひとつ。被害者の凌辱シーンを録画したＤＶＤの存在は当分のあいだ秘匿事項とし、報道規制を敷く方針が決定している。電話帳に関する情報を公開するとなるとＤＶＤへの言及を避けるのが困難になるという理屈だ。

もうひとつは情報公開によって捜査陣の手の内を犯人に晒しかねないという危惧《きぐ》。いまのところ連続強姦殺人とスタンガン強盗との関連は世間には知られていない。警察がそれを明確に公表することで犯人がより巧妙で卑劣な手口に切り換えてくる危険性はやはり無視できない。「携帯の電話帳に知人の住所さえ入力していなければ安全です」とアナウンスしたはいいが、それを信じてわざわざ該当データを消去したにもかかわらず拉致殺害されてしまった、という不測の事態に発展しないという保証はどこにもないのだ。

かといって一般市民にまったく注意を喚起しないですませるにはこの問題はあまりにも重

要すぎる。結局「連続強姦殺人の犯人は被害者の携帯電話を悪用している節が見受けられるので、くれぐれもデータ管理は慎重に」といった曖昧な文言でとりあえずはお茶を濁すことになった。

その後、市内パトロールの強化、特に私服の女性刑事による巡回の増員など、対策のさらなる徹底が改めて確認された。

*

理会は白い携帯電話を手に取った。大室奈美のものだ。これまでの二件と同様、半裸姿の彼女の遺体といっしょにブルーシートにくるまれた状態で空き地で発見された。

キーを操作して電話帳を開く。約二十人ほどの名前が登録されているが、いずれも電話番号だけで自宅の住所は入力されていない——米倉省吾のもの以外は。

「大室奈美は性格的に真面目で、勤務態度にも問題はなかったそうね」

「ええ、三十五歳で、売場ではベテランだったらしい。接客ぶりも至ってよく、季節の新作が入ったりセールがあるときなどは常連さんたちにダイレクトメールを送ったりして、とてもまめだったと同僚の方たちも太鼓判を押してます」

「で、彼女、独身だったの?」

「そう聞いています」理会がなにを言おうとしているか、なんとなく察して馬飼野は彼女の手もとを覗き込んでいた視線を上げた。「母親とふたり暮らしだったとか。その母親が病弱で、どういう経緯かは判りませんが逐電した父親に代わって彼女が世話をしていたそうです。私生活ではなかなか複雑な家庭の事情があったみたいで」

「一方の米倉省吾は——」

「二十四歳、大手旅行代理店の営業所に勤めていまして、まだ社会人二年目です」

「大室奈美の働いていたデパートの紳士服売場をかなり頻繁に利用していたのかしら」

「本人はまだ数回ほどと言ってます。大室奈美とは顔馴染みではあったけれど、個人的に連絡先を教えたりするほど親しくはなかったと」

「じゃあ彼女の携帯に入っているこれは——」

「そういえばズボンの裾直しかなにかを頼んだときに控えの伝票にアパートの住所と携帯の番号を書いた覚えがある、とのことでした」

「それをわざわざ自分の携帯の電話帳に入力してあったということは彼女、やっぱり男として好意を抱いていたのかしら、米倉省吾に」

「かもしれないですね。他のひとの自宅の住所は全然入っていないから、岡崎紫乃みたいに顧客リスト代わりに使っていたわけではないでしょうし」

「つまり、ひとまわり近くも歳下の男の子に淡い恋心を抱いたりさえしなければ殺されることもなかったかもしれない……わけか」

「切ないですね、そう考えると」

「米倉省吾だけど、旅行代理店で具体的にはどんな仕事をしているの？」

「え。普通に営業のようですが。どうしてです」

「あくまでも例えばだけど、米倉省吾が添乗員だったとしましょうか。そして大室奈美が拉致殺害されたとき、彼はどこか遠くへツアー中だったとする。そんな折、彼の携帯に犯人から脅迫電話がかかってくる。さあ、どうする」

「どうするって、どうしようもないでしょ。いくら彼女を拉致した証拠のＤＶＤをおまえんところの郵便受に入れてあるぞ、とか言われても飛んで帰るわけにもいかないし。まあ、これは単なる悪戯じゃないようだと判断すれば、遠く離れた旅行先から地元警察へ通報はするでしょうけれど」

「この犯人ていったいなにを考えているのか、よく判らなくなるのがこういうところ。もちろん実際には米倉省吾は犯行時、県外ツアーなんかへ行ったりせず、自宅にいた。けれど、もしかしたら仕事の都合かどうかはともかく、そのとき地元にいなかったかもしれないわけでしょ。少なくとも犯人はそういう事態を想定しなきゃいけないはず」

「ですよね。大室奈美の携帯の電話帳に自宅の住所が入力されていたのは彼ひとりだったんですから。もしも城田さんの見立て通り、犯人が事前に米倉省吾の身辺調査などはせずに、大室奈美を襲ったその場で電話帳を見て彼を脅迫相手に決定し、犯行に及んだのだとしたら、ある意味、賭《か》けみたいなものですよ。しかも非常に危うい」

「この犯人に身代金を奪う意思がないことは疑いようがない。それは判っている。今回も米倉省吾に電話で一千万円用意しろと要求しているけれど、その時間帯にはもう大室奈美は殺害されていた。ならば関係者に脅迫電話をかけたりＤＶＤを送りつけたりするのはなんのためか？　なにかのカモフラージュなのかそれともブラフなのか。いずれにしろパフォーマンスのつもりなんでしょう。ところがそのパフォーマンス自体をあまり真面目にやる気がないみたい。少なくとも確実に実行しようとはしていない節が見受けられる」

「ですよね。脅迫相手がその住所から引っ越していないかとか生存しているのかとかいう確認以前に、電話をかける時間帯が時間帯だ。早朝四時頃はまずたいていのひとが寝ているだろうからそもそも応答してくれるという保証すらない」

「そのときは相手が電話に出てくれなくても留守録に脅迫メッセージを入れておけば、いずれは郵便受のなかのＤＶＤは発見されるだろうという思惑だったのかもしれないけれど」

「そりゃね、留守録にメッセージを入れられる相手ならまだいいですよ、しかし――」

「内村多賀子と岡崎紫乃の場合は堀北清次と名取泰博以外にも自宅の住所を入力している相手がいたけれど、犯人がそちらへお試し発信をした履歴は残っていない。つまりたまたま一度目のトライでうまく堀北と名取をつかまえられただけで、もし仮にそれがうまくいっていなかった場合は他を当たるつもりでいたのかもしれない——と考える余地がまだこれまではあった。しかし今回は明らかにちがう」

「何度も言うようですけれど、大室奈美が自宅の住所を入力していたのは米倉省吾だけですもんね。うまくつかまえられたからいいようなものの、もしも彼が引っ越していたり、あるいは極端な話、すでに死亡したりしていたら犯人はどうするつもりだったんでしょう？」

「判らない。たまたま米倉省吾のことをよく知っていて絶対に大丈夫という確証があったからなのか。それとも？　それとも——」

「それとも？」

「結果的に脅迫電話をかける相手がいなくなっても、それはそれでかまわない……のかも」

「え？　な、なんですかそれ」

「だって何度も言うようにこの犯人には明らかに身代金を奪う意思はないのよ。だったらそもそも脅迫電話をかける必要もないはずじゃない」

「そりゃそうですが……」

「DVDだってどうしても誰かに観せたいっていうのなら、馬飼野くんが言ったように警察かマスコミに送りつければそれですむ」

「だったら最初からそうすればいいわけで、被害者の携帯電話の電話帳を利用しなければならない必然性もない。わざわざ一連のスタンガン強盗を偽装してまで被害者を選別するリスクを負う必要などそもそもない、ということになる」

「結局いつもそこへ舞い戻ってくるわけね。すなわち、どうやらこの犯人にはどうしても被害者の携帯電話を使わなければならない切実な理由がなにかあるようだ……と」

「先日、前浦さんの言っていた、慌ただしい犯行ぶり、ですよね。それって普通に解釈すると、GPS対策だと思うんだけど……うーん」

「約十時間以内にすべての犯行手順をおさめ、脅迫電話をかけたときにはもう被害者を殺害しているのは、家族に警察に相談する余裕を与えないため、なんでしょうね」

「二日、三日と被害者の監禁時間が長びけば携帯電話のGPS機能で潜伏場所を特定されかねない。それを避けるために犯人はとにかく迅速に、被害者の家族や関係者たちが本格的に不安に陥る前にすべてを終える、と。なるほど、その理屈自体はよく判るんですが……」

「なぜそこまでして被害者の携帯電話に拘泥するのか、ってことよね。脅迫電話をかける相手を探すためだけならば、入力されている住所を電話帳から適当に拾っておいて携帯本体はどこかへ遺棄すればいいのに」

「そして脅迫電話はどこかの公衆電話からかければいいんですものね。こうすれば少なくとも携帯のGPS機能の心配はしなくてすむ」

「なのに実際には決してそうしないのは、どうしても被害者の携帯を使って脅迫電話をかけなければならない、なんらかの理由がある……と」

「いったいなんなんでしょう？」

「さあ」

「それと城田さん、もうひとつ、よくよく考えてみるとなんだかおかしなことがあるんですけど。いいですか」

「どうぞ」

「例のDVDのことなんですが。もしも犯人がGPS対策のため短時間のうちに犯行を終えなければならない切羽詰まった状態にあるのなら、なぜわざわざそんなものの編集にその都度その都度、貴重な時間を費やすんでしょう？」

「なるほど。たしかに、ね」

「被害者の顔をはっきり撮影したいから最初の分だけ手持ちのカメラを使う、それはいい。あとは固定カメラで全体像を撮りっぱなしにしたやつをなにも手を入れずにそのまま送りつければいい。被害者をほんとうに拉致しているぞという証拠が必要なら、それで充分こと足りるでしょうに」

「そうね。全部でどれくらいの尺を撮影しているかは不明だけれど、約十五分にまとめるにはそれなりの手間と時間がかかるだろうし」

「もしもこうしたＤＶＤを撮影したり他者に観せたりすることである種の自己顕示欲を満たしているのだとしたら、部外者にとってはなんの意味もなさそうなひと手間をかけるのも単に犯人の嗜虐的な意思の顕れ、みたいな解釈もできないわけじゃありませんが。しかしだったら、もうちょっと送りつける相手を厳選するとか、ＧＰＳが心配な被害者の携帯電話なんかはさっさと遺棄してもっと心ゆくまで撮影に専念できる状況を確保するとか、そっちのほうへ犯人の行動は向かいそうなものなのに。そうはならない。なんだかちぐはぐなんですよ」

「そうよね、ほんとうに……」

「ちぐはぐと言えばもうひとつ。防犯ビデオに映っていた男、プリントした映像がいまいち不鮮明ではあったものの、どうも岡崎紫乃の携帯を使うとき、手袋を嵌めていたように見えたんですが」

「ええ、わたしにもそう見えた」

「一方、まだ断定はできないものの、ＤＶＤのケースと封筒には犯人のものではないかと推定される指紋が二組、残留している。ちぐはぐといえばこの指紋の件がいちばんちぐはぐなように思えます」

「まさにね」

「普通に考えれば封筒詰めの作業の際、手袋を嵌めたままだとうまくいかなくて無意識に外してしまったとかそういう、うっかりミスの類いだろうということになりそうですが。もしかしてこの犯人、すごく用心深く見えて実はけっこう抜けている……んですかね」

「あるいはこちらがそう考えることを向こうは期待しているのかも、ね」

どこか意味ありげに馬飼野はゆっくり頷いた。

「残したい証拠と残したくない証拠、ですか」

しばらく腕組みしたまま黙っていた理会は、やがてぼそりと呟いた。

「どうも嫌な感じ」

「なにがです」

「なんだかこの犯人って、わたしたちがこんなふうにあれこれ深読みすることを見越してるんじゃないか……ふとそんな気がして」

「見越してる……つまり、さして意味もないのにわざと変なことをやってる、ってことですか？」

「判らない。単なる勘だけど、なにか罠《わな》を仕掛けられそうというか、うっかり足を踏み出すと落とし穴に落とされそうな気がしてならない」理会は首を横に振った。「――ところでその後、スタンガン強盗のほうは？」

「いまのところ一件も報告なしです。さすがに拉致殺害した分も含めて十二件も続けると、詳しい情報公開はされずとも世間は薄々なにかに気づいて用心するようになる。へたに動けなくなって、しばらくなりをひそめるかもしれません」

「馬飼野くん、わたしがいまなにをいちばん心配しているか、判る？」

「なんですか」

「しばらくスタンガン強盗がなりをひそめているなと思っていたら、それが起きる前に、いきなりブルーシートで簀巻きにされた女性の他殺死体が発見される……という展開」

「そんな、ま、まさか」

「これまで犯人は内村多賀子を見つけるまで四人、岡崎紫乃を見つけるまでふたり、そして大室奈美を見つけるまで三人、スタンガン強盗の偽装を繰り返した。それぞれ五人目、三人目、四人目でやっと条件を満たす相手に辿《たど》り着いているわけだけど、それがいつ、ひとり目であっさり達成してしまわないとも限らない。でしょ？」

「い……嫌なこと言わないでくださいよ」

「もちろん馬飼野くんがいま言ったように、犯人はもうすでにこれまで犯行を重ね過ぎているから、しばらく動かないほうが得策と判断するかもしれないけど」

「ですね。そうだといいんだけど……」

しかし残念ながら理会の悪いほうの予感が的中することになる。

*

七月某日、早朝五時。

ジョギングしていた近所の住民が高架線の下でブルーシートにくるまれた不審物を発見、警察に通報した。なかから現れたのはロングヘアで細身の若い女性の絞殺死体だった。

遺体といっしょにくるまれていたバッグのなかの財布に彼女のものとおぼしき名刺があった。

『ラビュリントス　科野さくら』

遺体は繁華街にあるバーラウンジの従業員、科野さくら、二十二歳と判明。警察は遺体といっしょに発見された彼女の携帯電話の発信履歴を調べた。最後の発信相手の名前は『麻羽脩』だった。

遺体発見から約二時間後、当の麻羽脩という地元テレビ局のアナウンサーが警察に通報してきた。自身の携帯電話の留守録に見覚えのない電話番号で不審な脅迫メッセージが入っており、その指示に従って自宅の郵便受を確認したところ、『親展　麻羽脩殿』と記された封筒にＤＶＤディスクが入っていたとのことだった。

NOISE　8

（──栗原正明くんて、きみ？）

A組の教室から出てきた正明を呼び止め、鳴沢はそう笑いかけた。

（おれ、C組の鳴沢っていうんだけど。いまちょっといいかな）

（なに）

（きみ、なにか楽器をやってる、って聞いたんだけど）

（うん。ベースを少々）

え、ベース？　話が違うんじゃないかと少し戸惑ったものの、鳴沢はそんなことはおくびにも出さずに訊いた。

（ジャンルは？）

正明は肩を竦《すく》めた。（エレキで、どっちかといえば軟弱なフュージョン系、かな）

（どこかのクラブに入ってるの）

（正規の部員てわけじゃないんだけど、たまーに吹奏楽部のトラに呼ばれる）

自分も多少は音楽をやっているにもかかわらず、『トラ』が『エキストラ』の略語であることをまだこのときは知らなかった鳴沢だが素知らぬ顔で質問を続けた。

（吹奏楽部？　だってエレキベースなんだろ？）

（クラシック系では、楽曲によってはウッドベースを使う編成にするんだ）

（ウッドベースもやるの？）

（もともとはそっちから始めた。親父が地元のオケでやってるから）

『オケ』は『オーケストラ』の略語かとかろうじて察する。（お父さんがベーシストか）

（まあうちの学校の場合、ウッドベースのほうでは滅多にお声がかからない。楽器も親父から借りないといけないし。コンサートでポップス系をやるときは自前のエレキで助っ人にいったりもしてるけど、それも年に何回もない。だからコンクールとかには参加しない）

（じゃあ、きみはいまのところほぼフリーの身って考えていいのかな）

（まあね。どうして？）

（いっしょにバンド、やらないか）

正明は眼をしばたたいた。（バンドって、どういうジャンル？）

（そうだな、どっちかといえば軟弱なフュージョン系、かな）

先刻の自分の口調を鳴沢に真似され、正明は苦笑を洩らした。(きみはなんの楽器?)

(キーボード兼アレンジャー)

鳴沢の『アレンジャー』のひとことで正明の眼差しが少し真剣味を帯びたことをよく憶えている。鳴沢としては軽い気持ちで発した言葉だったが、なるほど、本気でバンドを組むなら演奏するだけでなく作曲や編曲の勉強もちゃんとやっておいたほうがいいなと決心を新たにした。

(あと作曲もやろうかと思ってる)

(メンバーは何人くらい?)

(いまのところ、おれだけ)

拍子抜けするかと思いきや正明は真剣な面持ちを崩さず、頷いた。(一からのスタートか。新しく組もう、と)

(そ。うちの学校、音楽系クラブは吹奏楽部、合唱部、あとフォークソング部か。それくらいで、軽音楽部とかってないじゃん。だから自分たちでとりあえず同好会みたいなかたちで新しく結成しちゃどうか、と)

(で、おれをスカウトしにきたってわけ?)

(そうそう。けっこうテクニシャンらしいって噂《うわさ》を聞いてね)

（誰に？）

（かは忘れたけど。噂じゃ、きみってギタリストだと）

（そっちは余興で）

あれで余興かよと鳴沢は内心仰天したが、自分がすでに彼の演奏を聴いていることは伏せておきたかったので、（ギターもできるのか、そりゃ頼もしい）とおどけるに留めた。

（返事はいますぐじゃなくていいから、よく考えてみてくれ。あ、それからメンバーとして加入してくれそうな生徒に心当たりがあったらスカウトしてくれると嬉しいな。じゃ）

――鳴沢たちが〈古我知学園〉中等部三年生に進級した年の春のことだ。

このやりとりが端的に示しているように軽音楽同好会は鳴沢の呼びかけによって結成された。それは疑いようのない事実で、そこにはなんの嘘も混じっていない。

しかし鳴沢が同好会を立ち上げた動機に関しては大いなる自己欺瞞が潜んでいる。

学校の既存のクラブ活動とはちがうかたちで自分なりの音楽をやりたかった、そのために気の合いそうなメンバーを集めた――鳴沢のなかで出来ていたのはざっとそういう設定の物語だ。

欺瞞はここに深い根を下ろしている。鳴沢が幼少の頃からピアノを習っていたのは事実だが、決して自らの興味や情熱ゆえではない。

すべては母の関心を惹きたい一心だった。鳴沢の亡母はその昔、音楽大学進学を志望して挫折した過去を持つ。その夢を結婚後、生まれてきた自分の娘に託そうとした。

だが鳴沢の姉はその押しつけに反発し、絶対にピアノのレッスンを受けようとはしなかった。母と娘はことあるごとに対立するようになり、家庭内の雰囲気は悪化する一方。子供心に見かねて、じゃあ代わりにぼくがレッスンを受けるからそれで機嫌を直して欲しいと母親に提案した鳴沢だったが、最初はまるで相手にされなかった。

おまえなんかには無理だと露骨に鼻であしらわれる。だけどまあそんなに言うのなら試しにいっぺん行ってみれば？　出来のいい姉とは対照的に鳴沢は学力的なことも含めて母親からまったくなんの期待もされていなかったのだ。

ピアノがじょうずになれば母も少しは自分のほうを向いてくれるかもしれない、小学校時代の鳴沢はただその一心で懸命にレッスンに励んだ。

学校では顔見知りたちに金をたかられてばかり。拒否するといっせいにシカトされて苛められるという惨めな現実を忘れたい、そんな逃避の心理もあったのかもしれない。たかられないよう現金を持たずに登校するため小学校の最後のほうは昼食抜きの毎日だったが、結局そのことを両親にも打ち明けられないまま。その文字通りの飢餓感も鳴沢の情熱を掻き立てた。

ずば抜けた才能があるとは自分でも思えなかったが、小学校を卒業する頃には将来は音大進学を目指しますと宣言しても、少なくとも一笑に付されたりはしない程度に上達した。

母親もこの際、娘ではなくても息子に自分の果たせなかった夢を託してもいいのではないか、そんなふうに希望を抱き始めたらしい。鳴沢へ向けられる眼に徐々に期待が籠もってきた。

が、そうなると皮肉なもので今度は鳴沢のほうの熱が冷めた。中学生になるのと前後してすっかりピアノに嫌気がさし、レッスンもサボりがちになる。ちょうど反抗期を迎えたことも相俟《あいま》って母と息子は喧嘩が絶えなくなった。

おれはなにをやっても駄目だ。小学校のときは学年で最下位争いしていた自分が、地元では名の知れた私立進学校〈古我知学園〉の中等部にあっさり入学できたことが、鳴沢のコンプレックスに拍車をかけていた。学校の後援会や理事会で絶大な発言力を持つ父親のコネだったことは明らかだからだ。

おまけにその年、同じ〈古我知学園〉の高等部三年生だった姉は卒業生総代をつとめるほど成績優秀とくる。国公立私立合わせて姉の合格した有名大学は両手の指で数えきれない。そのほとんどは〈古我知〉側が学校の宣伝のために受験料と交通費を全額負担し、スケジュールの合う学部をかたっぱしから受験させた結果だと言われている。

出来の良い姉と出来の悪い弟、その対照的な構図といったらいっそ笑えるほどで、鳴沢にできるのはせいぜいピアノのレッスンをサボって母親に喧嘩を売ることぐらい。ただし仕事で留守がちな父親は怖かったので在宅の際は借りてきた猫のようになるという、なんとも中途半端なぐれ方だった。そのみっともなさが自己嫌悪を煽り、ますます鳴沢をいじけさせる。

そんな折だった。鳴沢が中等部二年生になった年の夏休み。

ある日、鳴沢は父方の祖母が入所している特別養護老人ホームを訪れた。両親の言いつけで幼い頃からきょうだいふたりで定期的に祖母に会いにくるようにしていたのだが、この年から姉が東京の大学へ進んでいたため、鳴沢がひとりでやってきたのだ。

祖母は当時かなり認知症が進行していて、鳴沢のことを鳴沢の父親と混同して話したりした。ずっと車椅子に座っていてトイレへ行くときにも介護が必要だ。

こんなふうに自分ではなにもできない、なんにも判らない状態になってもなお、人間生きていなきゃいけないのか……中学生だった鳴沢の眼に祖母の姿はただただ無惨としか映らなかった。

醜悪だとすら思った。こんなんだったらもういっそ死んじゃったほうがましじゃん、と。

そしてそんなふうに思う自分に激しい罪悪感を覚え、定期的訪問を強制する両親を恨んだ。

お祖母《ばあ》ちゃんには孫の顔を見せるのがいちばん良いお薬になるのよ、なんてきれいごとを言いやがって。ほんとは自分たちがそんな罪悪感を覚えたくないから子供に押しつけてるだけだろ、と。

姉といっしょのときはまだ気が紛れたが、ひとりだと間が保たない。適当に切り上げて退散するタイミングを計っている鳴沢のところへ介護士のひとりがやってきてこう言った。

(今日はホールでミニコンサートがあるんですよ。よろしかったらお祖母さんといっしょに聴いていきませんか?)

このホームでは入所者向けにさまざまな行事を定期的に開催しているらしい。その日は入所者の家族がボランティアでちょっとした音楽会を開く予定になっているのだという。

正直、鳴沢に興味はまったくなかったが、せっかく誘われたのに無下《むげ》に断るわけにもいかない。祖母の車椅子を押して同じ敷地内にある多目的ホールへ向かった。

ホールには鳴沢の祖母と同じように家族や介護士に車椅子を押してもらってやってきた入所者たちが集っている。若い女性介護士の司会で、言うところのミニコンサートが始まった。

司会に(本日お越しいただいたのは、比奈岡さんのお孫さんとそのお友だちです。どうぞ)と紹介されて登壇した自分と同年輩とおぼしき男女ふたり組を見て鳴沢は、おやと思った。なんとなく見覚えがある。私服姿だけど同じ〈古我知学園〉中等部の生徒ではないだろうか? そのふたりこそ奏絵と正明だったのだが、このとき鳴沢はクラスが別々だったこともあり、まだ彼らの名前を知らなかった。唯一の手がかりである『ヒナオカ』もどういう漢字を当てるのか全然判らない。

奏絵は笑顔でマイクスタンドの前に立つ。正明は彼女の背後で椅子に座ってアコースティックギターをかまえた。

（初めまして、うちの祖母がこちらでお世話になっています）との簡単な挨拶の後、奏絵の歌声がホールに満ちた。正明がギターで伴奏する。

入所者の年齢層や嗜好に合わせているのだろう、曲目は演歌と民謡が主だった。鳴沢は正直、演歌にも民謡にもまったく興味がなかったが、たちまち奏絵の歌声に惹き込まれてゆく。ほとんどヴィブラートを使わない、どことなく無骨でそっけない歌い方だったが、不思議な色艶《いろつや》と音質の張りに思わず聴きいってしまう。

誰だあの娘？　誰なんだ。

ポニーテールの彼女の笑顔が鳴沢の網膜《もうまく》に焼きつき、脳髄《のうずい》に染み入ってくる。Tシャツとジーンズ姿の彼女の、中学生にしては長身のスレンダーな肢体をこのままいつまでも見つめていたいと願う鳴沢を尻目に、予定されていたプログラムはあっという間に消化される。入所者たちの手拍子に合わせて最後の民謡を歌った後、奏絵は自分も別のアコースティックギターを取り出してきて、正明の隣りの椅子に腰を下ろした。

（どうもありがとうございました。えと、最後にですね、これ、みなさんもきっと聴いたことのあるメロディだと思うんですけど、有名なウエストコースト・ジャズの名曲をちょこっと弾かせていただいて今日はおしまいです）

リズムをとって奏絵は正明とギターの二重奏を始めた。そのメロディ、鳴沢も聴き覚えがあった。デイヴ・ブルーベック・カルテットの〝Take 5〟だ。

すっかり奏絵の歌声に魅了されていた鳴沢だが、彼女のフィンガーテクニックにはそれ以上の衝撃を受けた。オリジナルでは作曲者でもあるポール・デスモンドがアルト・サキソフォンで演奏するあまりにも有名なあの主旋律を、奏絵はアコースティックギターでどんな複雑なパッセージをも軽々と紡いでゆく。

一方、正明は同じアコースティックギターで軽快な五拍子のリズムを刻む。オリジナルではデイヴ・ブルーベックが演奏するピアノパートだ。さらに鳴沢が驚いたのは、正明と奏絵が途中で主旋律パートとリズムパートを何度か交替したことだった。正明の主旋律パートの割合はごく少なく最後は奏絵がメインで締めたものの、ふたりの技量の伯仲《はくちゅう》ぶりは圧巻だった。

あちら側へ行きたい……そう切実に願っている自分に鳴沢は気がついた。

あちら側――それはあのふたりのいる世界、そこへ行きたい、と。

より正確に言えば、そのあちら側とは比奈岡奏絵のいる世界のことだった。彼女のいる世界へ行きたい、と。

このままではおれは永遠に、こちら側にしかいられない人間だ。なんとかあちら側へ行きたい。あのふたりと同じ世界の住人になりたい……それは激しい飢餓感にも似た憧憬《しょうけい》だった。彼らと一体化したいという欲望だった。

自分が曲がりなりにもピアノをやっていたことを鳴沢はこのとき神に感謝した。そうだ。音楽という接点がある、と。楽器はピアノからキーボードに転向すればいい。いっしょにバンドをやらないか、そんな口実でふたりに接触を図る案をすぐに思いついた。ふたりと同じ世界の住人になるための、それは第一歩となるはずだった。

この一点をとってみても音楽とは鳴沢にとってあくまでも手段に過ぎず、目的ではなかったことは明らかだ。しかし本人はそう捉えていなかったことこそが、すべての悲劇を引き起こす元凶となる。

鳴沢が先ず正明に接触したのは、ほんとうの目的が奏絵であることを隠蔽《いんぺい》するために他ならない。果たして打診を受けた正明は彼女をメンバー候補として紹介してくれた。

やった、うまくいった……自分の思惑通りにことが運んだ際に覚えた高揚感を、しかし鳴沢は別種の興奮だと錯覚してしまった。

これで自分が本来やりたいと思っていた音楽をやることができる……鳴沢は自分の高揚感をそんなふうに歪めて解釈した。ほんとうはこれで奏絵と自然なかたちで親しくなれるチャンスができたという極めて子供っぽい歓《よろこ》びを、まるで次元の異なる情熱にすり替えてしまったのだ。

母親の押しつけではない、自分のほんとうにやりたい音楽をやりたいだけ——どこまでも無償の目的に向かって突き進んでいるという自己欺瞞が一旦成立してしまうと、物語のすべてはその解釈に則って書き替えられる。

ドラマーの啓太が加入して正式に同好会発足願を提出したものの、校内では練習場所を確保するのもひと苦労。そこで鳴沢が両親を説得し、自宅の離れの一室を防音スタジオに改造してもらったり、足りない音響機器などを買い揃えてもらったりしたのも、すべては自分の音楽への無償の情熱ゆえ……のはずだった。あくまでも鳴沢のなかでは。

防音スタジオの改造費、足りない音響機器代、場合によってはライヴ会場の使用料、それらすべては鳴沢の父親が負担した。が。鳴沢にとってそれらは自分の金と同義語だ。

金。そう。

鳴沢は決して自分で認めはしないが、彼が奏絵と曲がりなりにも繋がっていられる方法とは実は金しかなかったのだ。

もちろん鳴沢は金を払って奏絵と性的交渉を持ったりしたことはない。しかしたとえ本人が自分の彼女に対する想《おも》いをプラトニックなものと捉えていたとしても、奏絵と自分との関係に金を介在させてしまった以上、そこに描かれる構図は売春となんら変わりはない。そう。結局、鳴沢は金を払うことで奏絵の心を摑もうとしたのだ。そしてその自覚がまったくない。

練習場所、ライヴにかかる経費などすべてをクリア、セッティングしてやることによって奏絵が音楽活動をスムーズにこなせるようにお膳《ぜん》立《だ》てしてやる——その実績こそが鳴沢のなかでは彼女と自分を堅固に繋ぐ担保となったのだ。

これで一生、自分はずっと奏絵と繋がっていられる……その実感を保持できる限り、たとえ彼女が北海道という遠方へ移り住もうとも、見知らぬ男の妻になろうとも、何年も互いに離ればなれで手紙のやりとりもろくになかろうとも、鳴沢はいっこうに構わなかった。彼には絶対的な——と本人が妄信している——担保があったからだ。

しかし〈古我知学園創立八十周年記念版〉同窓会名簿でいきなり奏絵の連絡先が空欄になった上、頼りの正明すら彼女の行方を知らないという事実が明らかになったとき、すべては崩壊した。

長年磐石《ばんじゃく》だと信じきっていた担保が実は脆《もろ》い空手形だったことが暴露されたとき、鳴沢自身もまた崩壊した。

結局それか、女はすべて……鳴沢は決して自分で認めることはないが、彼が同窓会名簿をきっかけにして奏絵に裏切られたという激しい被害妄想にまみれてしまった理由はここにある。

あの日、〈ストゥラーダ〉で〝アサバ夫人〟に対して抱いた悪意に満ちた妄想。そして、さくらに対して抱いた憎悪、殺意。

金、金、金か、と。おまえらみんな、おれの金にしか用はないんだな、と。小学校のとき、貸した金を踏み倒した上、おれを守銭奴呼ばわりしたあの糞餓鬼連中と同じように。

女の肉体という商品価値の高い担保を楯《たて》に、搾り取れるだけ搾り取ったら、あとは知らん顔か。

金を毟り取れないと判ったら、あとはシカトか。現金を学校へ持ってこられなくなって空腹に耐えかね、ぶっ倒れたおれを見てもせせら笑うだけか。

実は鳴沢の憎悪と狂気が頂点に達したのは、正明が探偵に依頼して奏絵の行方を探す方法を提案したときだった。それを聞いて鳴沢が覚えた激しい怒りも根っこは同じ自己欺瞞だ。なんだと、探偵に頼め？　一瞬殺意は正明に向いたが、すぐにどこにいるのか判らない奏絵へと集中する。

探偵に頼め、だと？

これまでさんざん毟り取っておいてまだこの上、金を要求するつもりか。え、奏絵？　わたしがいまどこにいるか知りたかったらお金を出しなさい、と？

そういうことなのか、奏絵、おまえが言いたいのは？

金を出さなきゃおれとは繋がっていてやらない、と。そういうことなのか、奏絵？

そうなのか、奏絵、おまえも。

おまえもしょせんは。

NOISE 9

「……なにかが違う、これまでとは」

鑑識課室のDVDデッキで再生されているビデオ映像を凝視しながら理会は呟いた。

「決定的に、なにかが」

眼出し帽を被った男に乱暴されている科野さくらを撮影した映像だ。彼女が身につけているものはピンク色のTシャツだけで、革製とおぼしき拘束具で手足の自由を奪われ蹂躙《じゅうりん》されている。

「なにか、と言いますと？」

「馬飼野くんはなにかない？　ぱっと見て、これまでのビデオとどこか違うなと感じる点は」

「そうですね、敢えて言えば画面の切り換えがせわしないというか、若干多めかな、とか」

「他には？」

「あとは……うーん、ちょっと不謹慎な表現で恐縮ですが、全体的にやかましいかな、と。

単に被害者の地声が大きいだけなんでしょうが」

抵抗できないさくらは終始、喉が裂けそうなほど絶叫しっぱなしだ。生前の顔写真を見るとまるでフランス人形の如《ごと》しなのだが、そんな愛らしい容貌からは想像もつかないほど凶暴な唸り声は野獣の咆哮《ほうこう》さながらで、歯茎を剝き出し、真紅に染まった眼で憎々しげに男を睨みつけるその形相も迫力満点。涙ひとつ流さずに（憶えてろ）（おまえ絶対殺してやる）（生まれてきたこと後悔させてやる）と立て続けに繰り出す機関銃のような怒号を聞いただけでは、いったいどちらが襲われている側なのか判らなくなるほどだ。

「たしかに。並みの神経の男だったら、びびって乱暴どころじゃなくなるかもね。それくらいの凄味《すごみ》はある」

「この犯人、よっぽど豪胆な性格なのか、それとも女性に罵《ののし》られるのが快感ってやつなのかも。あ、すみません、つまらないこと言っちゃって」

「気がついたことはなんでも言ってみて。ともかくなにかが違うのよ、これまでとは」

「でもそれほど違うかな……」馬飼野は首を傾げ、テレビ画面と理会を見比べる。「正直な話、内村多賀子と大室奈美のときの映像とあまり変わらないと思うんですが。気絶している被害者の顔のアップから始まって、意識を取り戻して男に乱暴されるシーンが複数のアングルで編集されている。例えば拘束具の使い方とか乱暴の手順とか細かいことを言い出したらそりゃきりがありませんが、基本的には同じですよ」

「映像の収録時間もだいたい同じですね」横から前浦が補足した。「約十五分で」

「乱暴している若い男が眼出し帽を被っているのも同じ。顔は見えないけど、身体つきからしてまずまちがいなくこれまでと同じ男でしょう。撮影されている場所も前回と同様、どこかの民家の防音室とおぼしき部屋です。オーディオセットと、持ち運び用ケースに入ったキーボードもまったく同じ。どこにも異なる点はないように見えますが」

「なにかが違うのよ。なんていうのかこう、全体的な手触りみたいなものが」

リモコンでビデオの停止ボタンを押し、理会は立ち上がった。腕組みをして、うろうろと室内を歩き回る。

「これまでのビデオとは明らかになにかが違う、そんな感触があるんだけど……ちっともそれが具体的にまとまらなくて。もどかしい」

「逆に同じ点ならいくらでもありますけどね、被害者の上着もそうだし」

「被害者の上着？」

「城田さんが前回おっしゃってたじゃないですか、趣味の問題なのかなんなのか、犯人はどうやら被害者の上着を脱がせる意思がないようだと。今回の科野さくらもTシャツを着たままです」

「なるほど。って、いやいや、そうじゃなくて違う点、これまでとは違う点……なにかしら？　それとも視覚的なものじゃない、とか？」

「うーん、ビデオの内容以外でもさほどの相違があるとは思えないんですけどね」前浦も首を傾げて、ビニール袋に入っている破れた封筒を眼の高さに持ち上げた。「この『親展　麻羽脩殿』と書かれた封筒の種類も、そして定規で線を引いたみたいな筆跡もこれまでと同じです。岡崎紫乃の分は封筒ごと遺棄されているので実物の確認はできませんが、名取泰博の証言からしておそらくまったく同じものだったと思われるし」

「ひょっとして城田さん、今回に限って妙になにかが違う雰囲気が漂うのは、脅迫電話を受けてDVDを送りつけられたのがローカル限定ながら有名人だったから、なんてことは——ないですよね。まさかそんな」

肩を竦めて一笑に付した馬飼野だったが、意外や理会が真剣な表情で「……かもね」と相槌を打ったものだから驚いた。

「え。って、そ、そんなことがですか？」

「だって考えてみて。今回も犯人は被害者の携帯を使って脅迫電話をかけている。科野さくらの携帯の発信履歴によれば、電話をかけたのは当日の午前四時頃」

「これもいままでとまったく変わらない。同じですよ」

「そのとき熟睡していた麻羽脩は着信に気づかず、およそ四時間後の午前八時頃、やっと留守録メッセージを聞いた」

「ヘリウムガスかヴォイスチェンジャーを使ったとおぼしき声音でのメッセージの内容もまったくこれまで通り、科野さくらを誘拐したから身代金一千万円を用意しろ、彼女をあずかっている証拠はおまえの家の郵便受に入っている云々。ほら、なにもかも同じですが」

「ええ、でも生前の科野さくらには、これまでの被害者には見受けられなかった、決定的に不自然な点があるでしょ。つまり彼女はいったいどうやって、麻羽脩の携帯の番号と自宅の住所を手に入れていたのか」

馬飼野はまだぴんとこないといった表情ながらも一応頷いた。「……たしかにそれは麻羽脩本人も、しきりに不思議がっていましたが」

麻羽脩によると彼は『科野さくら』という名前を初めて聞いたという。しかし彼女が勤める〈ラビュリントス〉というバーラウンジには一度だけ行ったことがあるらしい。

(——といっても同僚との飲み会の三次会とか四次会みたいな流れで。正直あんまり印象に残ってないな。もういい加減、酔っぱらってましたし。みんなでボックス席に座って、たしか三人か四人くらい女の子がついてくれたと思うけど、どんな娘がいたのかなんて全然憶えていません)

とは事情聴取を受けての本人の弁だ。職業柄、低いながらもよく通る声に困惑が滲《にじ》み出ている。

（そのとき、女の子たちから名刺などをもらいませんでしたか？）

（名刺、ですか。もらったかもしれないけれど、憶い出せないなあ。どこへ仕舞ったのかとかも。失礼ながら捨てちゃったかもしれないし。少なくとも科野さくら、という名前は今回初めて聞いたと思います）

（これが彼女の携帯です）

事情聴取を担当する刑事から科野さくらの携帯の電話帳を見せられた麻羽はますます困惑した。そこにはまぎれもなく彼の携帯の番号と自宅の住所が表示されていたからである。

（こんな……えー、なんで？）

（お店へ行かれたとき、あなたが彼女に教えたのではないのですか）

（そんなことしていません。いくら酔っぱらってたからって、それは絶対にたしかです。そんな、初めて行ったお店の女の子にほいほい携帯の番号を教えるだなんて。あり得ませんよ）

（では彼女はいったいどうやってこの番号と住所を入手したんでしょう。麻羽さんになにかお心当たりは）

（いや、さっぱりです。見当もつきません。こちらが教えてもらいたい）

（なにかの名鑑とか資料などにご自宅の住所などを公開したりはしていませんか）

（いや、そんな覚えもまったくな……）麻羽は眼をしばたたいた。（あ、同窓会名簿なら）

（同窓会名簿。大学とかの？）

（中学高校の分です。ぼくは〈古我知学園〉の出身で、昨年末にその八十周年記念の改訂版が届いたばかりで。あ、そうか、もしかしてその科野さんて方も〈古我知〉出身なんじゃないですか？　それならぼくの住所も簡単に調べられる）

（いや、彼女は短大までエスカレータ式の女子校出身だそうです）

（そうですか……うーん、となると心当たりはさっぱり、ですね。まあたしかに同窓会名簿じゃ住所はともかく、ぼくの携帯の番号までは判らないわけですが）

（すると電話番号は同窓会名簿にはいっさい載せていないんですね）

（一応自宅の固定電話の分は載せてますけど。携帯まではさすがに、ねえ）

（麻羽さんが一度だけその〈ラビュリントス〉というお店へ行かれたとき、携帯電話はお持ちだったんですか）

（そうだったでしょうね、ええ。たいてい持ち歩いていますから）

（ポケットに入れて？）

（いや、セカンドバッグに）

（ここをよく憶い出していただきたいのですが、その夜、携帯電話を入れたままのそのバッグから一旦離れたりしませんでしたか？　例えばトイレへ行くときとかに）

（ぼくは自分で言うのもなんですけれど、けっこう用心深い質でして。だいたい飲み会などでトイレへ行くときも手荷物をしっかり持ってゆくほうなんですが、うーん、あのときはなにしろ大勢でしたから、誰かが気をつけていてくれるだろうとうっかり油断してシートに置きっぱなしにした瞬間がもしかしたらあったかもしれない。少なくとも絶対になかったとは断言できませんが、でも刑事さん、それってどういう意味です？　もしかして……）

（なにしろ麻羽脩さんといえば地元では有名人ですから。好奇心にかられた科野さんがつい出来心を起こしてあなたの隙を衝いて携帯のデータを盗み見たということはあり得ます）

（まあそうかもしれませんが、でも携帯の番号に関してはそれでいいとしても、自宅の住所はどうなるんです？　ぼくはそんなものまで携帯にデータ入力していませんよ）

「——とはいえ」馬飼野は顔をしかめてがしがし頭を掻いた。「その気になれば麻羽脩の住所を調べる方法は、ま、いろいろあったんだろうとは思いますけどね」

「科野さくらがどうやって麻羽脩の個人情報を入手したか、その具体的な方法以上にわたしが気になっているのはその理由なの」

「理由？」

「なぜ彼女、麻羽脩の分だけ、自宅の住所を携帯の電話帳に入力していたのかしら？」

科野さくらの携帯の電話帳には約六十名ほどのデータが登録されていたが、麻羽脩以外は電話番号しか入力されていなかった。

「そりゃあ麻羽脩という人物になにか特別な思い入れがあったからじゃないですか？　例えば男性として惹かれていたからとか。ほら、前回の大室奈美と同じように」

「大室奈美と同じ、それこそがもうひとつの謎よ。前回も馬飼野くんとさんざん議論し尽くしたけど、被害者の電話帳には一名しか自宅の住所が入力されていない、もしもその肝心のひとりしかいない相手がＤＶＤディスクを受け取ろうにも受け取れない状況にあったりしたら、犯人はいったいどうするつもりだったのかしら」

「麻羽脩が引っ越していたりしたらそのときはそのときだ、とでも思っていたんでしょうか。まあ麻羽脩の場合は有名人で、地元のニュースや情報ヴァラエティ番組にもよく登場する。少なくとも地元のどこかで生存していることだけは確実だったわけだから、大室奈美のときの米倉省吾よりはつかまえられる確率が高いという見込みはあったかもしれませんが」

「どうもうまく言えないんだけど、ひっかかるのよね、いちいち。なにか違和感というか、ひっかかってひっかかかって仕方がない」

「でもちょっと可笑《おか》しいな。だって城田さんがいまおっしゃっている違和感って、よく考えてみたら前回と違う点なんかじゃなくて、実は同じ点のことなのに」

理会はまじまじと馬飼野を見つめた。そのまま数秒ほど凝固する。

「……なんですって？」

「あ、いや、すみません、つまんない軽口を叩いてしまって」

「そんなことはいいからッ。馬飼野くん、なんて言ったのいま。もう一度言って」

理会の剣幕に怯《ひる》んだ馬飼野は、やはり怪訝そうにしている前浦と顔を見合わせた。

「……で、ですから、科野さくらが携帯の電話帳に自宅の住所を入力している相手はひとりしかいなかった。主にそのことに城田さんはひっかかっておられるわけですよね？　でもそれって、さきほどからおっしゃっている、これまでのケースと決定的に違う点なんかじゃなくて、むしろ同じ点――つまり共通点ではないか、と。つまりですね、大室奈美の携帯の電話帳の場合とこれは同――」

「ま、待って、待って」

頭痛がするみたいに自分のこめかみに両手を当てると理会は息苦しげな表情で眼を閉じた。そのまま瞑想《めいそう》するかのように黙り込む。

馬飼野と前浦は再び顔を見合わせた。

「あ、あの……城田さん？」

「そうか」たっぷり一分ほど経ってからようやく理会は眼を開けた。「馬飼野くん、電話して」

「え、ど、どこへ？」

「大室奈美が働いていたデパートの紳士服売場。そこの同僚のひとによると、大室奈美は季節の新作が入ったりセールがあったりすると常連客にダイレクトメールを出していた。そうよね？」

「ええ、そんな話でした」

「電話して、その同僚のひとに。大室奈美がダイレクトメールを出すときに使っていた顧客名簿を見せて欲しいと頼んでみてちょうだい」

「は、はい」携帯電話を取り出し、言われた通りにする。「——あ、すみません、こちら警察の者ですが。先日お伺いした、はい。どうも何度もすみません。あのですね、大室さんがお使いになっていた顧客名簿というのを見せて……え？」馬飼野は眼を丸くした。「自分の携帯の電話帳を使っていた？　ほんとうですかそれ？　ええ——ええ、はい。はい判りました。どうもお忙しいところを……」

通話を切った馬飼野に理会はほとんど胸ぐらを摑まんばかりに詰め寄った。

「やっぱり……やっぱり大室奈美の携帯の電話帳には、ほんとうは発見されたときよりも多くデータが入っていたのね？」

「はい。同僚の方によると大室奈美はいつもダイレクトメールを手書きで送っていたそうですが、その際、携帯の電話帳を開いて住所を書き写していたんだとか」

「それはまさか米倉省吾ひとりだけに、という意味じゃないわよね」

「ちがいます。五、六十人には送っていたはずだと言ってました」

「しかし……」前浦は困惑している。「しかし彼女の携帯の電話帳にはたしか、二十人くらいのデータしか入っていませんでしたが……？」

「そうでした。たしかにそうだった。どういうことなんでしょうか、城田さん」

「他に考えられない。彼女の遺体を遺棄する前に犯人がデータを消去したんだわ」

「つ、つまりそれは、電話番号といっしょに自宅の住所も入力されていた顧客のものを全部電話帳から消した、ということですか？」

「おそらく。そして二十人分、自宅の住所を消去して電話番号だけ残したのか、それともその二十人分に関しては最初から住所が入力されていなかったのかは判らないけれど、ともかくそうやってデータを書き替えた犯人は、住所が入力されている名前を米倉省吾のものだけにした」

「すると大室奈美が米倉省吾の住所を入力していたのはあくまでも顧客のひとりとしてであ

って、歳下の男に仄かな恋心を抱いていたからではない、という少し艶消しな話になりそうで……い、いや、そんなことはどうでもいいですが、城田さん、いったいなんだってまた犯人はそんなめんどうなことをやったんです？」

「その答えは、馬飼野くん、さっきあなたが自分で言った通り」

「ぼくが、え、な、なんですって？」

「同じようにするため、だったのよ。つまり共通点をつくるためだった、前回の大室奈美のケースと今回の科野さくらのケースとの」

「え、えと、なにをおっしゃっているんですか、いったい」

「前回、大室奈美の携帯の電話帳に住所が入力されている相手がひとりしかいないという事実に、わたしたちは少なからず困惑させられたわよね。犯人はいったいどういうつもりなのかと、ずいぶん議論を尽くした」

「そうですね。結論らしい結論は出ませんでしたけど」

「ということはつまり、仮に犯人が大室奈美の携帯のデータを書き替えたりせずに、多数の顧客の住所録として元のまま残しておいたとしたら、わたしたちは特に変だとか疑問に思ったりはしなかったはず——そうよね？」

「そうです。そうですよ。どうして犯人はそうしなかったんですか」

「その理由はひとつしかない。犯人はわたしたちが今回の科野さくらのケースにそういう方向から着目する事態を懸念したから、よ」

「はあ？」

「仮に被害者の携帯の電話帳に入力されている住所がひとり分しかないというケースが科野さくらだけだったとしましょうか。つまり今回が初めてだったと。そしたらわたしたちは当然、前回のときのように、これはどういうことなのだろうとあれこれ議論し尽くしたでしょう。つまり犯人が警察に着目して欲しくないと思っている部分がクローズアップされる展開になりかねなかった。それをなんとか避けようとしたのよ」

「あ、あの、城田さん、申し訳ありませんが、おっしゃってることが矛盾しているというか、支離滅裂な気が……」

理会はにんまり笑顔になった。馬飼野に向かっておいでおいでするみたいな、彼女にしては珍しく剽軽《ひょうきん》なジェスチャーをする。

「そう、わたしはいま、すごく矛盾していることを言った。それはなに？」

「今回の科野さくらのケースには電話帳に住所が入力されている者がひとりしかいないという特徴がある、犯人はその特徴をなんとか目立たなくさせる目的で前回、大室奈美の携帯のデータに細工を施し、さくらと同じように住所が入力されている顧客をひとりにしてしまった……えと、城田さんがおっしゃろうとしていることの大意はこんな感じでよろしいですか」

「ええよろしいですとも」

「しかしそれだと犯人は、大室奈美を殺害した時点ですでに、科野さくらの携帯のデータの中味を知っていた、という理屈になりかね……」

馬飼野の声が萎んだ。眼を丸くするや、あっと低く呻いた。

「そう、そうなのよ。まさにそれ。今回のケースがこれまでの三件と決定的に違う点。それは犯人が生前の科野さくらとおそらく知り合いだった、ということ。ビデオ」

「え？」

「今回のＤＶＤ、もう一回再生してみて」

いちばん近くにいた前浦がリモコンを手に取り、再生ボタンを押した。

「――よく観ていて」

科野さくらの男に対する面罵《めんば》っぷりが圧倒的な、凌辱シーンが再生される。

「いい？　さっき言ったこと、ようく頭に置いて観ていて――ほら、なにか気づかない？これまであったはずのものがないことに」

「そうか」前浦がぽんと手を打った。「被害者の怒号にばかり注意がいって、まったく気がつかなかった。男が全然喋っていませんね」

「その通り」

「え、え、え？　どういうことですか」ひとりうろたえていた馬飼野もやっと得心がいったようで思わず頭を掻きむしる。「そうか……そうだ、あの科白だ。ボクの子、産んで、とかっていう呪文のようなあの気色悪い。あれが全然ない」

「そう。全然」

「しかしなんで今回に限って、あのお得意のフレーズがないんでしょう？」

「カットされているからよ。そもそも最初からどうも変だと思った、今回に限って妙にカットされた映像が多すぎると」

「いやしかし、それはこれまでだってそうだったでしょ？　なにしろ全部で十五分におさめるんだし。今回が特別ってわけじゃ――」

「これまでは一定のアングルにつきひと通りルーティンを見せておいてからジャンプしてた。けれど今回はなぜかルーティンの途中でも何度も何度もジャンプする。しかも決まって――」

理会はリモコンを操作して、複数のシーンを呼び出し、再生した。

「ほら、決まって被害者が大きく眼を剝いて、犯人のほうを向こうとしたり、首を起こそうとしたりするシーンばかりでしょ？　これは被害者が、なにか犯人にとって都合の悪いことを言おうとしていたんだと思う。例えば——」

「例えば犯人の名前……ですか」

理会は頷いた。「それがこのレイピストの名前なのか、それとも拉致する役割を請け負っている男の名前なのかは判らない。ともかく今回レイピストが喋っているシーンがないのは、被害者が彼らの素性を匂わせるような科白、もしくはそのものずばりの名前を口にするところと被っていたからよ。内村多賀子のときのビデオ、憶えてる？」

「どの部分です」

「乱暴されながらも内村多賀子は犯人に向かって、あんた誰よッ、と誰何《すいか》してたでしょ？何度も何度も。あんた誰なの、と」

「そういえば……そんな眼出し帽なんか被ってたって無駄だ、どこの誰なのか調べたら判るんだ、という意味のことも言ってましたっけ、たしか」

「科野さくらが拉致された際、犯人の素顔を見ているかどうかは判らない。けれどその声を聞くかどうかしてそれがどこの誰なのか、ちゃんと気づいていたはず。そうでなければ内村多賀子以上に性格がきつそうな科野さくらのことだもの、乱暴されながら犯人の素性を問い詰める科白のひとつもないというのは不自然よ」

「改めて問い詰めるまでもなく、ずばり相手の名前を叫んでいたんですね、彼女は」

「当然その部分は編集でカットせざるを得ない。それに伴って犯人の科白の大部分も消されることになった。あの科野さくらの剣幕からして、犯人が気色の悪い科白を吐いたらそのたびになにかひとこと言い返さなければ気がすまなかったでしょうからね。結果的に犯人のお得意のフレーズもすべていっしょにカットされることになった」

「今回の被害者は生前、犯人と面識があった……のか」

「それがこれまでのケースとは決定的に違う点なのよ」

「すると、城田さん、もしかして犯人がほんとうに殺害しなければならなかったのはこの科野さくらだけ、だったんでしょうか？」

「ん。どういうこと？」

「だからカモフラージュですよ。一見無差別な連続強姦殺人を装って、無関係な被害者たちのなかに本命の標的を紛れ込ませ、ほんとうの目的を隠そうとした――とか？」

「そういう可能性も検討したほうがいいかもね。いずれにしろ科野さくらの身辺をもっと徹底的に洗ってみなきゃ」

「あの城田さん、すみませんがもうひとつ、よろしいですか」

「どうぞ」

「前回の大室奈美と今回の科野さくらの携帯電話の入力データを同じ状況にしておく、それが目的ならば、前回の大室奈美の携帯をいじらずとも、今回の科野さくらのほうを改竄《かいざん》しておくという手もあったんじゃないかと思うんですが」

「理屈としてはね。けれど、もしもそうしようと思うなら、科野さくらの他の入力データに適当な住所を追加しなければならない。一方、大室奈美の場合は消去するだけでいい。この手順の違いが大きいのは明らかでしょ」

「なるほど。入力されていない住所を追加するためにはそれを調べなきゃいけないわけで。架空《かくう》の住所をでっち上げるという手もあるけど、そこから疑問を抱かれるかもしれないし」

「そういうこと。おそらく犯人は科野さくらを殺害することをかなり早い段階で決めていたんじゃないかしら。ということは遺体といっしょに彼女の携帯電話も発見されることになるわけだけれど、そのままでは入力データに不審を抱かれてしまうかもしれない。そこから自分が彼女と顔見知りだったことを推測されてしまう恐れもある。それを避けるために予め、ひとり前の被害者の大室奈美の携帯電話のほうに細工しておいたってわけよ」

「なるほど。でもあの、しつこいようですみませんが、例えばひとり分くらいだったら事前に住所を調べておいて科野さくらの携帯データに追加すれば、あまり手もかからなかったと思うんですけど」

「ひとり分くらいならね。でもデータを追加するよりは消去するほうが格段に早いでしょ」

「そうなんですけど……うーん、どうもひっかかるんですよね。って、あれ、城田さんの口癖がうつったかな」

「なにがそれほど？」

「犯人は科野さくらの携帯の電話帳の入力データの不自然さに注目して欲しくなかった、だからひとり前の大室奈美のほうの携帯の入力データを改竄した――その理屈は一見もっともらしいけど、なんでそこまで手の込んだ真似をするのかなあと。だって考えてみてください、城田さんが今回、生前の被害者が犯人と面識があったんじゃないかと思い当たったきっかけというのは、あくまでもビデオの編集内容との合わせ技でしょ？」

「まあ……たしかに」

「科野さくらの携帯の入力データはたしかに不自然は不自然だけど、犯人にとってそこまで警戒しなきゃいけないほどのものなのかな、と。むしろ前回の大室奈美の携帯の入力データはそのままにしておいたほうがよかったんじゃないかと、そうすれば我々もここまで注目しなかったんじゃないかとすら思って。まあそれは結果論かもしれませんけど、犯人がここまで神経質になるのは、なにか他の理由があるからじゃないでしょうか？」

もっともな指摘だと思ったのか理会は一旦開きかけた口を閉じ、腕組みした。

「――あ、もしかして」気まずい沈黙を破ったのは前浦だった。「麻羽脩とも面識があることのほうを隠したかったんですかね？」

理会は組んでいた腕をほどいた。ぽかんとしている。

「……え？」

「そもそも科野さくらがどうやって麻羽脩の住所を調べたのかが判らないんですよね。でも彼女、他のデータには住所なんか一件も入力していないんだから、麻羽脩の分もわざわざ入手したりしていない、と考えたほうがよほど自然ではないかと」

「じゃ、じゃあどうして……」馬飼野はのろのろ前浦と理会を交互に見た。「どうして彼女の携帯にあの住所が？」

「そうか」理会はいつもの無表情に戻った。「犯人か。犯人が入力したんだ」

「その可能性はありますよね。例えば麻羽脩と直接面識はなくても、出身校の同窓会名簿を見られる立場にあるとか」

「そうか……そういうことか」

前浦の言葉を聞いているのかいないのか、理会は虚空を見据え、呟いた。

「この犯人……またやるつもりね」

なにを、とは理会は口にしなかった。

このときはまだ。

NOISE 10

高校卒業後、鳴沢はその年に関西で創立されたばかりの某私立大学へ入学した。記念すべき第一期生と言えば聞こえはいいが、なんのことはない、他の大学には補欠でも入れない落ちこぼれの吹き溜《だ》まりのようなものだ。入学試験の内容も、中学高校の担任を嘆かせ続けてきた鳴沢でさえ小学生用かよと突っ込みたくなるようなレベルの問題ばかり。かたちのみで最初から全員合格させる意図が見えみえだった。

正直、鳴沢はそこまでして大学生にはなりたくなかった。こんな誰も名前を聞いたことのない大学、在籍するだけで恥ずかしいというのが偽らざる本音で、いっそ高卒ですませたほうが清々しいくらいだった。

しかしそれは父親が赦さなかった。どんな大学でもいい、とにかく入学し、そしてちゃんと卒業しておけ、そう厳命されては鳴沢は逆らえなかった。

よく考えてみろ、と父親は懇々と説教した。あと二十年か三十年経ったときにその大学の偏差値がどれくらいになっているかなんて、いったい誰に予想できる？ その大学名が全国区になっていないと誰に断定できる？ ノーベル賞受賞学者を輩出していないとは誰にも断言できないんだぞ、と。

いくらなんでもノーベル賞はあり得んだろと思ったものの、複数の会社を一代で優良企業に成長させた父親に、目先のことで勝負したがるやつは絶対に成功しない、物事を長い目で見られる者が最後は勝つんだ、と喝破されると説得力が違うこともたしかだった。いずれにせよ絶対権力者である父親には頭の上がらない鳴沢だ。一旦故郷を離れ、だらだら緩い大学生活を送る道を選んだ。

奏絵は東京の大手音響機器メーカーに就職、正明は東京の音大へ入学、そして啓太は実家の看板屋を継ぐべく本格的な修業の開始と、それぞれの将来へ向かって歩み出す。

高校卒業後、鳴沢は奏絵とはついに一度も連絡を取らなかった。といってもそれは意図的に手紙のやりとりを避けたわけではなく、結果的にそうなっただけの話だ。

啓太とは長期休暇で帰省したときは毎晩のように飲みにいってたし、奏絵と同じ東京にいる正明とは手紙のやりとりばかりでなく、たまに電話で話したりもしていた。

しかし正明とは気軽に連絡を取り合える鳴沢も奏絵相手となると少し勝手が違う。先ず彼女の電話番号を知らない。東京の住所は教えてもらっていたのでその気になれば訊くこともできただろうが、なにかそれ以外に具体的な用件がないと彼女に手紙を書く踏ん切りもつかない。年賀状ですら妙に身構えてしまう。結局、自意識過剰に陥っているあいだに機会を逸した恰好だ。

そんな心情的な障壁もさることながら、大学入学直後から鳴沢の人生は呑気に奏絵への手紙の文面を練っている余裕なぞ到底なくなるような、波瀾《はらん》万丈の展開を迎える。

当時東京の大学を卒業して大学院に在籍していた姉のひそかな男関係が両親の知るところとなった。しかもこの穂村という大学院主任教授が、両親とほぼ同年輩でかなり年齢差がある上に二度の離婚歴があって、姉とあまり歳の変わらぬ子供が三人もいるなどの事実が次々と明らかになるに至り、鳴沢家には激震が走った。父親は烈火の如く怒り、母親は錯乱して泣き喚くという修羅場が連日連夜続き、離れて暮らしていた鳴沢も否応《いやおう》なく騒動に巻き込まれる羽目になる。

どんなに説得を試みても決して聞き入れず、穂村教授と結婚するつもりだと宣言する姉に両親は、その男と別れないのなら勘当すると最後通告した。売り言葉に買い言葉がエスカレートし、姉は姉で親子の縁なんかこちらから切ってやると言ってきた。しかも口先だけではなく実際に両親の遺産相続の遺留分を放棄すると家庭裁判所に申し立てたのだ。

幼い頃ピアノのレッスンを拒否した以外は至って素直でよく出来た娘という優等生的なイ

メージしか姉に抱いていなかった鳴沢は、その過激な実行力に度肝を抜かれたが、その一方で、長年両親の期待と束縛に押し潰されそうな思いで成長してきた反動もあるんだろうなと納得もした。

皮肉な巡り合わせと言うべきか、姉が遺産相続の遺留分放棄を申し立てた直後、そして鳴沢が二十歳になった年に両親は死去した。

工事現場に停めてあった大型クレーン車が強風に薙《な》ぎ倒され、すぐ横の道路を走行中だった乗用車数台を直撃するという大惨事が発生。そのなかに鳴沢の両親が乗っていたセダンもあった。ふたりとも即死だったという。

その結果、一生遊んで暮らしてもお釣りがくるほど莫大な財産は鳴沢ひとりのものになった。父親の会社もすべて経営権は他者に渡ったが、役員に名前を連ねるだけで決して少なくない報酬が鳴沢の懐に入ってくる。

正式に穂村姓になっていた姉が東京で浩雄を産んだのはその三年後である。

両親の葬儀に姉は姿を現さなかった。遺産相続権も正式に放棄した。それどころか自身が四十代半ばで病死するまで一度も実家へ顔を見せにくることすらなかった。おそらく両親の墓参りもついにしないまま、故郷の土も二度と踏まないまま終わったのだろう。

そんな彼女の姿勢を批判する向きも親族のなかにはあったが、鳴沢はむしろ姉らしい筋の通し方だと思った。親子の縁を切った以上、もはや自分は鳴沢家の人間ではなく、軽々に実家の敷居を跨《また》ぐのを潔しとしなかったのだろう。

鳴沢は大学を中退した。表向きの名目は両親の遺産整理に専念するためだったが、父が死んだ以上、がんばって卒業することに意味を見出《みいだ》せなくなったというのが本音だ。

遺産の整理を始めるのと前後して鳴沢は実家の近所の新築マンションを購入し、普段はそちらで生活することにした。

実家はさっさと処分するつもりだったのだが、これがなかなかどうして簡単ではない。立地条件などは良好なため売却話も何件かあったのだが、広大な屋敷の取り壊し費用をどちらが持つかという問題で必ず揉《も》め、うまくまとまらない。

めんどくさくなった鳴沢は、取り壊し費用を負担するという買主が現れるまで実家は放っておくことにした。それを聞きつけた啓太が、〈F・M・K・K〉時代が懐かしいのだろう、ときおりいっしょに飲みにいった帰りに鳴沢邸の練習用スタジオへ寄りたがるようになった。

啓太の父は地元では何代か続く看板屋を営んでいる。中学高校時代の啓太はその家業を手伝って得た小遣いやお年玉を辛抱強く貯め、当時としてはかなり上等なドラムセットを購入した。自分でバンドを組もうとかそういう思惑があったわけではなく、ただ恰好いいのでなんとなく欲しかったという子供っぽい衝動買いだったのだが、たまたま当時啓太が付き合っていた女子生徒が奏絵の知り合いだった関係で軽音楽同好会へスカウトされたのである。

啓太の加入が鳴沢たちにとってラッキーだったのは、自前のドラムセットを持っているメンバーが押さえられたことだけではなかった。ライヴなどで移動しなければならないときには、啓太の父が仕事で使う軽トラックで楽器やアンプを運んでくれていたのである。

（ま、うちの息子の道具がいちばん大きいんだし。こんな商売だから普通の勤め人よりは時間のやりくりが自由だし。あんまり気にせんといて）というのが鳴沢たちが礼を述べるたびに啓太の父が返す口癖だった。中等部三年生の春に同好会を結成してから四年間、その好意に甘えっぱなしだった。

高校を卒業後、啓太のドラムセットは自宅へ持ちかえると場所をとって邪魔臭いという事情もあるのだろう、なんとなく鳴沢邸の練習用スタジオに置いたままになっていた。日々のストレス解消のためだろうか、啓太は酔っぱらったついでに立ち寄っては防音室なのをいいことにドラムを叩きまくったり、大音量でロックをかけたり。

（そういや、カナちゃん、結婚したんだね）

ある夜、鳴沢が練習用スタジオの照明のスイッチを入れると同時に啓太がそう呟いた。ちょうど改訂されたばかりの〈古我知学園創立七十周年記念版〉同窓会名簿が届いた直後だった。

（ああ、そうみたいだな。苗字が比奈岡から、薬丸だっけ？　変わってた）

（しかも北海道とは、東京からまた一段と遠くへ行っちまったんだね）

（そうだな）

（相手の男、やっぱり北海道のひとなのかね）

（さあ。仕事の関係で行ってるだけかもしれないから、そうとも限らんだろ）

（どういう縁で知り合ったのかね）

（さあな）

（鳴沢んところに、挙式のお知らせとかは来なかった？）

（いや、全然。啓太は？）

（おれもなし）

（でも籍を入れただけで、挙式とか披露宴はしていないかもしれないしな）

（え。そんなことあるのかね）

（だって栗原だってそうだったじゃん）

（あーそういやそうだったね。まあ、あっちが東京暮らしだから仕方ないとはいえ、おれ、まだあいつの嫁さんの顔も知らないや）

（おれも。娘がいるらしいけど、そっちも全然）

（まあでも、カナちゃん、よかったね）

（そうだな。よかったよかった）

と素直に喜ぶ余裕がまだこのときの鳴沢にはあった。

（お祝い、送ったほうがいいかね。鳴沢はどうする？）

（えと。うーん。実はおれ、高校卒業してからカナちゃんには一度も連絡していないんだよ。なのにいきなり結婚祝いとか送ったりしたら、却《かえ》って向こうに気を遣わせちまうだけなんじゃないかと）

（そっか。そういう面もあるんだね。おれも一度、東京にいたときに手紙を出したっきりだし）

（手紙？　啓太がカナちゃんに？）

（つってもお礼状ね。カナちゃん、いつだったか親父宛てに、見るからに高級フルーツばかりの豪華な詰め合わせを贈ってくれたことがあってね）

（あ、お父さんにはほんとうにお世話になったもんな）

（親父宛てだったんだけど、なんとなくおれが礼状を書く羽目になっちまってね。その一回だけだね、たしか。カナちゃんに手紙を出したのは）

（向こうから返事は？）

（さあ？　どうだったっけ。ハガキかなにか来てたかもしれないけど。忘れたね）
奏絵の話題がノスタルジックな気分を刺戟《しげき》したのだろう、啓太はいまや年代物となったカセットテープをひとつラックから抜き出した。ラベルに『〈F・M・K・K〉メモリーズ』とマジックで書いてある。卒業記念にこの練習用スタジオで録音したものだ。
勝手知ったる他人の家、特に鳴沢に断りもせずに啓太はそのテープをデッキにセットした。再生スイッチを押すと四人の演奏するベンチャーズの『ダイアモンド・ヘッド』が途中から始まった。啓太は巻き戻しをしたりせずにそのまま聴く。
リー・リトナーの『カリフォルニア・ロール』が終わった後、奏絵の歌声が流れてきた。

Isn't she……
Isn't she……

スティーヴィー・ワンダーの〝Isn't She Lovely〟だ。

Isn't she lovely
Isn't she wonderful

Isn't she precious
Less than one minute old
I never thought through love we'd be
Making one as lovely as she
But isn't she lovely made from love

両手でドラムを叩く真似をしてリズムをとり、奏絵の歌声に聴き入っていた啓太だが、ふと眼を開けて鳴沢を見た。

(カナちゃんて、この曲になにか特別な思い入れでもあったのかね?)

(さあ。よく知らないけど、そうかもな。ひとりでもよく歌ってたし。ライヴでは必ず最後に歌いたがった)

(おれって演奏中は、いっつもカナちゃんの背中を見てたわけでね)

ステージではセンターにギター兼ヴォーカルの奏絵、客席から向かって右側にベースの正明、左側にキーボードの鳴沢、そして奏絵のほぼ真後ろにドラムの啓太という並び方だった。

(背中の表情を読む、ていうと、なんだかおかしな言い方かもしれないけどね。ずっと見てるとなんとなく、お、今日はカナちゃん、のりがいいねとか、テンションが高いねとか少し

低いねとか、いろいろぴんと察知できるようになって。って、いやまあ、単におれの思い込みかもしれないんだけどね)

(いや、判るような気がするよ。で?)

(なんていうか、このスティーヴィー・ワンダーの曲だけ独特だったんだよね、背中の表情が)

(独特って具体的にはどんなふうに?)

啓太はしばらく考え込んだ。

(あのね、昔おれてっきりこの曲って、ほらご覧、ボクの彼女って可愛いだろ、って軽いのりのラヴソングかとばかり思っててね——)

(おお、仲間がいた)

(ん?)

(おれもそう。これって甘ったるいラヴソングだと勘違いしてた。いつだったかそれをカナちゃんと栗原に指摘されてさ、恥かいちまったよ)

(あ、そう。お互い苦手だったもんね、英語。ともかくこの歌詞が言ってる彼女って、生まれたばかりの女の子の赤ちゃんのことなんだよね)

(レス・ザン・ワン・ミニッツ・オールドって、生まれてまだ一分も経っていないって意味

なんだな。なるほど、そりゃたしかに赤ちゃんだわ）

（このウィっていうのは多分夫婦だと思うけど、自分たちが愛し合うことでこんなに可愛い娘に恵まれるとは考えもしなかった——と。えと、そんな訳でいいのかね）

（おれも自信ないけど、多分そんなところだろ。するとなにか、啓太の考えでは、カナちゃんはこの歌詞の内容になにか特別な思い入れがあったんじゃないか、と？）

再び啓太は考え込んだ。テープを巻き戻してまた最初から〝Isn't She Lovely〟に聴き入る。タンブラーに注いだウイスキイの水割りが半分ほど減る間、奏絵の歌声をバックに沈黙が下りる。

（……やっぱり女っていうのは自分の子供が欲しいもの、なのかね）

（そりゃひとによりけりだろ。旦那は要らんが子供は欲しいって娘もいりゃ、出産なんて苦行は真っ平御免だって向きもあるさ）

（これはカナちゃんじゃなくて、おれがいま付き合ってる彼女の話なんだけどね）

（うん？）

（付き合ってるっていうか、なんていうか、実質同棲《どうせい》状態なんだけど）

（じゃあ親父さんも公認か）

（結婚前提ってことでね。それがこの何年かずるずる続いてる。つってもさっきの栗原の話みたく、挙式と披露宴はしないつもり、なんてことじゃなくてね。ただ単に互いのスケジュールがなかなか合わなくて。お互い三十になる前に籍を入れるつもりだったのがこうずるずると）

その彼女とはどうやら同い歳らしい。この年、鳴沢たちは三十五だったから、啓太とその彼女とはずいぶん長い付き合いだったことになる。

（それが最近、その彼女と妙に気まずい雰囲気になっちまってね）

（長すぎた春、ってやつか）

（いや、彼女、なんていうか、自分が妊娠しないのをすごく気にするようになってね）

（なんで？　そんなの籍を入れてからでも——あ、そうか。年齢を気にしてるのか？　早くしないと高齢出産になる、とか）

（ていうか、普通に男女の営みをしているのにいっこうに子供ができる気配がないのは、もしかしてどちらかに問題があるからじゃないか、とか考え始めたみたいでね）

（問題って、不妊の原因が？　おまえかそれとも彼女自身にあるんじゃないかって？）

（うん。いっしょに病院で検査を受けようって言いだしたんだね。でもおれ、それが嫌でね）

（どうして？）

（そんなこと、はっきりさせてなにがどうなるの、って思うんだよね。子供って授かりものなんだから、できないならできないでいいじゃん、て思うんだよね）

（そうだな。でも彼女は納得しないのか）

（場合によっては不妊治療を試みたい、みたいなんだね。でもおれは、そこまでしたくない。そこまでして子供は欲しくないんだよね。そんなおれの心情が彼女には理解できないらしい。お店の跡取りがいなくてもあなたは平気なのか、って）

（うーん……）

（跡取りなんていうほど大した家業じゃないんだけどね、うちは。ともかくおれとしては、子供なんか欲しくない、なんて言ってるわけじゃないのね。自然に授かるのならありがたいと思う。責任をもって育てたいとも思う。けれど不自然にひとの手を入れてまで欲しいとは思わない。それだけの話なんだけどね。そこんところの気持ちをなかなか彼女に理解してもらえないんだよね）

（で、ぎくしゃくしてる、のか）

（うん……もしかしたら、もう駄目になっちゃうのかもしれないね）

その言葉通り、この数カ月後、啓太がくだんの彼女とは破局したと聞こえてきた。

啓太がバイクの走行中、トラックに撥ねられて事故死するのはさらに数カ月後の翌々年である。

この夜、啓太と交わした会話は結局、彼と交際中の彼女との問題に終始し、そもそものきっかけであった奏絵の背中の表情云々の話題には戻らず、それっきりになった。

後になって鳴沢は思い当たることがある。

啓太がステージでドラムを叩きながら読んでいたという奏絵の背中の表情。彼女がスティーヴィー・ワンダーの〝Isn't She Lovely〟を歌うときにだけ見せたという独特の。

それはやはり自分の子供を産むことへの執着、その顕れだったのではあるまいか。そう考えると説明のつくことがある。他でもない、啓太の葬儀の際の奏絵と正明の謎めいたやりとりだ。

――やっぱり……やっぱりいつか、ひとは死んじゃうんだね。

斎場の駐車場で奏絵は呻くように泣いていた。

――まさか啓太くんがこんなことになっちゃうなんて……やっぱりいつか、ひとは死んじゃうんだ、だから……やっぱり……だから……だからわたし、やっぱり決めた、決めたの。決めた……なにを？　他に考えられない。薬丸という夫との離婚を、だ。

啓太と破局したという女と同様、奏絵もまた夫とのあいだに子供ができない状況に悩んでいたのではあるまいか。もしかしたら自分ではなく夫に不妊の原因があるのではないかと疑っていたのかもしれない。しかしそのことでいたずらに揉めたりしたくないし、ましてや離婚に踏み切る決心などなかなかつかないでいたのだろう。

しかし啓太の死を目の当たりにして、その決心がついた。人間はいつか死ぬ。その前に自分がやれることはすべてやっておいて後悔しないようにしないといけない。奏絵はきっとそう思ったのだ。

――カナちゃん、それは。

正明はそう窘《たしな》めようとしていた。

――もうちょっとよく……その……もうちょっとよく考えたほうが。

子供が生まれないからといって夫と別れて別の男といっしょになるなんて極端な結論を早まらないほうがいい、と。もっとよく考えるんだ、と。

さらに突き進めて考えれば、奏絵が子供をもうける相手として夫の次に選ぼうとした男が他ならぬ正明だったのではないか？

なにしろ正明は妻とのあいだにちゃんとひとり娘をもうけている。ならば奏絵の側になにも問題がない限り、正明と結ばれれば子供はできるはず。

奏絵はそう考えたのではないか？　そして実際に彼に懇願した。しかし。

しかし正明はそれを拒んだのだろう。そう考えればすべての辻褄《つじつま》が合う。

そう。啓太の葬儀を境いにして、あれだけ親密だったはずの奏絵と正明のあいだに決定的な亀裂が入ったのはそれが原因だったのだ。奏絵は正明の子供を産みたいと願った。が、彼はそれに協力することはできなかった。

だからこそ……鳴沢は結論づけた。まちがいあるまい。

だからこそふたりは啓太の葬儀の後、疎遠になってしまったのだ。決裂して。

あの正明ですら奏絵の連絡先をまったく知らないという異常な事態になってしまった。

が、しかし。

NOISE Ⅱ

「――これはまた重厚な門構えね」理会にしては珍しく圧倒されたかのように見上げた。

「とても個人の住宅とは思えない」

「代々、地元では有名な大地主らしいですから」

立入禁止のテープが張り巡らされた門扉の前で佇《たたず》む制服姿の警官に会釈《えしやく》し、馬飼野は「どうぞ」と理会を案内する。

「あの塀の向こう側は――」

門から入ると広大な敷地が拡がっている。その敷地内に少し不自然にはみ出してくるかたちで伸びている塀を馬飼野は指さした。

「いまは百台くらい余裕で置けそうな月極駐車場になっているんですが、あそこももともとはこの家の庭かなにかだったそうです。先代の死去以降、ああしてあっちこっち切り売りしているらしい」

「それでもまだこれだけの土地と建物が残っているとは大したものだわ」

「でしょう、ほんとに」

「門から建物へ辿り着くのに自転車が要りそう」

「冗談じゃなくてね。あそこに見えているのが母屋です」

馬飼野が指さす先には和洋折衷の、どこか鬱蒼《うっそう》とした雰囲気の二階建ての屋敷があった。

「そしてそこと渡り廊下でつながっているこちらが――」と左側を指さした。「問題の離れです」

離れは和風の平屋だ。敷地内で作業中の鑑識課員たちのあいだを縫って、ふたりは飛び石伝いに進む。沓脱ぎ石に脱いだ靴を置くと、現場検証用のスリッパに履き替え、縁側に上がった。

開け放たれた障子の敷居を跨いで欄間《らんま》の下を潜《くぐ》ると、優に五十畳はあろうかと思われる広間だ。奥の床の間には枯淡《こたん》な色合いの掛け軸が三幅《さんぷく》かけられている。

「なんでも昔はここで内輪の結婚披露宴を執り行ったりしていたそうですよ」

「これまた圧巻ね」

「現場はこの奥です」

一旦縁側へ戻って奥へ進む。と、和風建築には全然そぐわない洋風の重そうなドアが縁側に向かって開け放たれていた。

「……これ」

思わずそう呟いた理会と馬飼野の眼が合う。彼女が指さしているのは洋風ドアのハンドルレバーだ。特徴的な半円形……もう何度も何度もＤＶＤ映像のなかで見た、あの。

馬飼野はひとつ頷き、促した。「そこです」

ふたりが室内へ入ると、ちょうど鑑識課員がフラッシュを焚《た》いたところだった。

床は一見普通のフローリングのようだが遮音性のクッション素材を使っているらしく、足の裏で踏みしめると独特の柔らかい反発を伴った感触が返ってくる。室内に入ってすぐ右側には大型のアンプが置かれていたりして、如何にも音楽スタジオというインテリアだ。建物の和風の外観からはとても想像がつかない。

「ここが……」

そのスタジオの中央に頭部を向ける姿勢でワイシャツとズボン姿の遺体がうつ伏せに倒れている。顔はよく見えないが、男のようだ。ビニール紐とおぼしきものが首に巻きついている。遺体の傍らには古ぼけたメトロノームが転がっていて、毛髪と血痕らしきものが付着していた。

その男のすぐ前にもうひとり、作業服姿の遺体がスキーキャップを被った頭部を壁に向ける姿勢で仰向けに倒れている。顔からサングラスがずり落ちそうになっていた。

理会は前屈みになってその遺体の顔面を覗き込んだ。最初は口髭が半分剃られているかのように見えたのだが、どうやら実際は付け髭で、それが外れかかっているらしい。

「スキーキャップ、サングラスに付け髭、か」

上半身を起こした理会と馬飼野の眼が合った。馬飼野は再び無言で頷いて寄越す。

サングラスと口髭の遺体は自分の腹部を両手で押さえる恰好で絶命していた。指のあいだから溢れた血が床に溜まり、血餅《けっぺい》状態になっている。

うつ伏せに倒れているワイシャツとズボン姿のほうの遺体に再度視線を戻すと、その右手の近くにはサバイバルナイフが落ちていて、刃先が赤黒く染まっていた。

「こちらを見てください」

馬飼野に案内されて理会は部屋の奥へ進んだ。向かって左の隅っこには古ぼけたドラムセットが鎮座していて、そのすぐ横にもうひとつ扉がある。やはり半円形のハンドルレバーで、それを押して開けてみると、そこにはバンが停まっていた。

「直接行けるわけか、ガレージへ」

「はい。簡易の」

「簡易？　というと」

「本来の車庫は別にあるようなんです。大きな外車が四、五台、余裕で置けそうな規模の。これはこの部屋を防音スタジオに改造する際、ついでに造ったんじゃないかと思われます。多分、楽器とか機材の運搬用に。それをこうして――」

馬飼野の視線を理会が追ってみると、バンの車体のすぐ横の壁に手作りとおぼしき台車が立てかけられていた。

「なるほど、それをそのまま遺体の運搬用に転用したと」

「そのようですね。このバンはこの家の持ち主の鳴沢さんという方が所有する車のなかの一台で、いつもは、さっき言った本来の車庫のほうに停めてあるはず――なんだそうですが」

「なぜかこちらに停めてある、と？」

「なんでも最近、いろいろ必要になることが多いからと頼まれて、居候《いそうろう》にこのバンのキーを渡してあった、とのことですが」

「ということは、その居候がこちらのほうへ移動させていた」

「のかもしれません」

理会は室内へ戻った。

ドラムセットの他にも見覚えのあるものが並んでいる。古い型のオーディオ機器一式、持ち運び用ケースに入ったキーボード。すべてＤＶＤに映っていた。

理会はオーディオセットを覗き込んだ。カセットデッキのなかにテープが入っている。なんの気なしにイジェクトボタンを押してカセットテープを取り出してみた。ラベルに『〈F・M・K・K〉メモリーズ』とマジックで記されている。理会はテープをデッキに戻してチューナーの電源を入れてみた。ちゃんと動くようだ。カセットプレイヤーの再生ボタンを押してみるとスピーカーから音が流れ出た。

Isn't she……
Isn't she……

奏絵の声のイントロダクション。もちろん理会は再生ボタンを押したらいきなりこの曲が始まったのは、鳴沢が啓太の死後しばらくの間この家に立ち寄っては独り〝Isn't She Lovely〟を聴き、帰り際に頭出ししておく習慣があったからだとは知らない。

Isn't she lovely
Isn't she wonderful
Isn't she precious

Less than one minute old
I never thought through love we'd be
Making one as lovely as she
But isn't she lovely made from love

「スティーヴィー・ワンダーの曲ですね」馬飼野は自分の頰を搔いた。「でもこれって女性ヴォーカルだな。独特の艶のある声ですね。アレンジが素人《しろうと》っぽいけど、じょうずだ」

「詳しいのね。音楽の趣味があるとは知らなかったわ」

「いや、すごく有名な曲ですからたまたま」

邪魔してごめんなさい、と作業中の鑑識課員たちにひとこと伝えておいてから、理会はカセットテープを止めた。ふたりの遺体を一瞥《いちべつ》する。

「発見者は？」

「さっきも言ったこの家の持ち主で鳴沢さんという方です。四十五歳、独身だとか。いま母屋のほうで古市さんたちが事情聴取を――」

理会は頷くと防音室から縁側へ出た。さきほど上がってきた沓脱ぎ石がある出入口とは逆方向へ進むと母屋への渡り廊下がある。

その手前でふと理会は足を止めた。防音スタジオのさらに奥まったところの引き戸が全開になっていてフローリングの室内が覗いている。

「あそこは？」

「配膳室《はいぜん》だとか聞きましたが」

理会は部屋に入ってみた。ざっと二十畳ほどか。隅のほうに流しと食器棚が見える。折り畳み式のテーブルやパイプ椅子がまとめて壁に立てかけられているせいか全体的に殺風景だ。出入口の壁に電灯スイッチのパネルがあった。手袋を嵌めた手で試しにひとつ押してみる。天井の明かりが点いた。

パネルの下半分にはコンセントや電話線の差し込み口が並んでいる。そのすぐ下に台座が置いてあって古い型のプッシュフォンが載っていた。理会は受話器を取って耳に当ててみる。待機音がした。

「こちらの部屋も昔は和風だったのを改装した、って感じがする」

「かもしれませんね」

「待たせてごめん。行きましょう」

受話器を戻し、天井の明かりを消すと理会は配膳室から出た。

長い渡り廊下を進む。理会は歩きながら興味深げに左右に視線を巡らせた。庭園灯や苔《こけ》むした庭石の周囲に雑草が生い茂っている。

「ちゃんと手入れをしたら、さぞや立派ですてきなお庭でしょうに」

「もう長いこと誰も住んでいなかったんだそうですが、さっきもちらっと触れた居候というのがこの三月から、ここに押しかけてきてたんだとか」

「居候が……ね」

そう呟いて理会は眉根を寄せた。

畳にカーペットを敷いた居間とおぼしき広間に入る。豪奢《ごうしゃ》なカバーを掛けたアップライトピアノが先ず眼を惹く。

アップライトピアノの上には大振りの写真パネルが飾られていた。〈古我知学園〉の制服姿の男女が四人写っている。エレキギターを持ったポニーテールの娘を中心にして男子高校生たち三人が微笑んでいる。

そのピアノの前で子供が座ったら全身が沈み込んで完全に隠れてしまいそうなソファに男が座っていた。その前にふたりの捜査官がいて、なにやら話し込んでいる。そのうちのひとりは古市だ。

「——あ、警視、どうも」

古市が振り返り、声をかけてきた。それにつられたのか、ソファに座っている男が顔を上げる。理会と眼が合った。

その瞬間、理会は既視感に囚われた。この男、どこかで会ったことがある……ような気がするけど、誰だったっけ？

あれこれ記憶を探ってみたが、このときはまだ思い当たらなかった。

「城田ともうします。発見者の方ですね。少しお話を伺わせていただきたいのですが」

男は鳴沢文彦と名乗った。この屋敷は亡き父親から受け継いだものだが古くて使い勝手が悪いため、もう二十年以上、住んでいないという。

「では現在のお宅はどちらのほうに？」

「この近くにある〈グラン・メゾン西町〉というマンションです。その八階に」

鳴沢はその自宅マンションから今朝九時頃、この屋敷を訪れたのだという。

「それは三月からここに居候させている甥に会うため……だったのですが」

甥は穂村浩雄という名前で本来は東京在住だが、鳴沢の姉である彼の母親の死後、素行の悪さを疎んだ親戚一同から爪弾《つまはじ》きにされて弱り果て、はるばる叔父を頼ってきたのだという。

「こちらでちゃんと仕事を見つけて真面目にやると約束するからと、泣かんばかりにして頼むものですから、仮住まいのつもりでここを提供したのですが。我が甥ながらちゃんと就職活動しているかどうかはなはだ心許ないため、定期的に会って経過報告をさせるようにしているんです。今日もそのために。予め昨日連絡を入れてあったので、てっきりこの辺りで待っているものと思いきや、どこにも甥の姿が見当たらない。ひとの気配も全然しない」

「この辺りで、とは、母屋のほうで、ということでしょうか」

「そうです。ここの二階で寝起きしているようなので探し回ったのですが、どこにもいない。さっきも言いましたように、今朝わたしが来ることを甥は判っているはずですから外出したとは思えない。そこで念のため離れのほうへ様子を見にゆくと、あんなとんでもないことに……慌てて警察に通報した次第です」

「あの部屋で倒れているふたりが何者なのか、鳴沢さんはご存じですか」

「手前の、つまり縁側の出入口に近いほうでうつ伏せに倒れている男は、横からちらっと顔を覗き込んでみただけで、はっきり確認したわけではありませんが、後ろ姿や身体つきなどからしておそらく栗原正明だと思います」

「栗原正明。鳴沢さんとはどういうご関係で？」

「友人といいますか、同級生だったんです、〈古我知学園〉で」

「……〈古我知学園〉ですか」

理会はちらりと横眼で馬飼野を窺おうとしたが、そのとき彼は出入口の陰から他の捜査官に手招きされ、そっと居間を出ていったところだった。理会はすぐに質問に戻った。

「もうひとりのほうは？」

「判りません。顔を見てみましたが、知らない男です」

「するとあの男性はあなたの甥の穂村浩雄ではないのですね？」

「違います。甥はいま二十二歳で、あの男よりもずっと若いし」

「栗原さんのことですが、ご職業は？」

「昔はスタジオミュージシャンをしていましたが、いまは音楽の教師です、〈最明寺女子学園〉の」

「ご友人ということは、鳴沢さんは栗原さんとよくお会いになる？」

「ええまあ、たまに。飲みにいったり」

「すると栗原さん、普段からこちらのお屋敷にもよく来られていた？」

「いいえ、ここ最近は全然。昔はいっしょにバンドをやっていた関係で、彼も毎日のようにここへ来てましたけど」

「ここ、というのは――」

自分の足元を指さしてみせる理会の仕種の意味に、鳴沢は一拍遅れて思い当たったようだ。

「ええ、こちらの母屋のことではなくて――」

「……遺体の発見されたあの部屋へ来ていたんですね？　離れの。楽器や機材を置いてある本格的なスタジオふうの」

「はい。中学生のときわたしが父親にねだって練習用に改造してもらった防音室です。高校時代はあそこで栗原や他のメンバーたちといっしょに毎日のようにバンドの練習をしてました」

理会の視線がアップライトピアノの上の写真パネルに向けられていることに気づいたらしく、鳴沢は頷いた。「あれがその頃の写真です」

「もしかしてバンドの名前、〈F・M・K・K〉ですか」

それまで強張り気味だった鳴沢の表情が驚愕《きょうがく》で一気に弛緩《しかん》した。いささか滑稽なほどに。

「さきほどスタジオに置いてあるオーディオセットのカセットデッキに入っていたテープのラベルを拝見したんです」

そう種明かしをされても鳴沢はまだ魔法をかけられたかのように眼を瞠ったままだ。

「あ、そ……そうだったんですか。はいそうです。それがわたしたちの高校時代のバンド名です。単にメンバーたちの下の名前の頭文字を並べただけなんですが」

「Fが鳴沢さんで、Mが栗原さんですね」

「あと、ふたりのKは井出啓太という男と、旧姓・比奈岡奏絵という——」

「その女性の方がヴォーカルなわけですか」

「え、なんで……あ、そ、そうか、カセットを聴いたんですね。いや、そうと判ってもなんだかびっくりします。まるで千里眼みたいで」

「ああして写真パネルだけではなく、練習用の防音スタジオとそこに置いてある機材などもすべてそのままにしてあるということは、鳴沢さん、よほど〈古我知学園〉時代のバンド活動に対して思い入れが深いんですね」

「いや、そういう面もないことはないですが、きちんと処分するのがめんどうだというのもちょっとありまして」

「ちなみにその隣りの配膳室というところも、スタジオといっしょに改装したんですか」

「あ、そうです。よくお判りで。離れのすぐ横にわたしが子供の頃、勉強部屋として造ってもらったプレハブがありまして、当初はそこで練習の合間にみんなで休憩していたんですが、わたしの母がそれを非常に嫌がったものですから」

「なぜでしょう」

「さあ。メンバーのなかには女の子もいるのに狭い密室に籠もるなんて、とかなんとかわけの判らないことを言ってましたが。ともかくそれで防音室のすぐ隣りをあんなふうに休憩用に改装したってわけです。まあたしかに配膳室のほうがわたしの勉強部屋よりも広くて快適ではありましたが」

「ともかく栗原さんはそうやって毎日のようにバンドの練習のためにやってきていたと」

「そうです。しかしそれも高校を卒業するまでの話で、その後、栗原がこの家へやってきたことは一度もありません」

「一度もない。それはたしかですか？」

「彼はしばらく東京のほうで暮らしていたんです。こちらへUターンしてきてから、えと、もう七年くらいか。その間、わたしが彼と会うときはいつも外です。わたしが彼のマンションへ寄ったり、彼がわたしのマンションへ来たりしたことはありますが、わざわざこの家で会ったりはしていません。そもそもわたし自身がもうここには住んでいないわけですし」

「――城田さん」

いつの間にか居間へ戻ってきていたらしい。理会の耳元で馬飼野が囁いた。

「お話し中、すみません。たったいま緊急連絡がありまして。ブルーシートにくるまれた若い女性の遺体が発見されたそうです」

理会は無言で馬飼野を振り返った。

「……それがどうも〈最明寺女子学園〉の生徒のようなのですが」

＊

ブルーシートにくるまれて死んでいたのは武川真希《たけかわまき》、十六歳。〈最明寺女子学園〉高等部一年の生徒だった。

制服の上着の前がはだけられ、学校指定のソックスを履いていたが、下着は剝ぎ取られていた。性的乱暴を受けた上、殺害されたものと思われる。首にはビニール紐が巻きついており、死因は窒息死。うなじにはスタンガンを押しつけられたとおぼしき火傷の痕が認められる。そしてこれまでの連続強姦殺人事件の被害者たちと同じく、彼女の携帯電話や他の手荷物も遺体といっしょにブルーシートにくるまれていた。

武川真希の遺体が雑居ビルの解体工事現場で発見されるのと前後して、国道沿いの雑木林のなかで首を吊《つ》って死んでいる男が発見された。

穂村浩雄だった。遺書などは見つからなかったものの、最終的には覚悟の自殺と判断された。

内村多賀子、岡崎紫乃、大室奈美、科野さくら、そして武川真希の遺体に残留していた精液のDNAが穂村浩雄のものと一致したのである。

加えて各被害者の関係者たちに送りつけられたDVDのケースとそれを入れてあった封筒から採取された指紋も穂村浩雄のものと判明。彼こそが五人もの犠牲者を出した連続強姦殺人事件の主犯であると断定された。

DVDのケースと封筒に残留していた指紋のもう一組は鳴沢邸の離れで発見された身元不明の遺体のものであることも確認された。この身元不明の人物を捜査陣は仮に〝パートナー〟と呼ぶことにした。連続強姦殺人事件における穂村浩雄の共犯だったと考えられるからである。

DNA鑑定や指紋照合の結果など一連の物的証拠に加え、数々の状況証拠を検証して捜査陣が再構成した事件の全容は以下の通り。

借金の取り立てに追われた穂村浩雄が叔父の鳴沢文彦を頼って東京から逃げてきたとされるのが今年の三月。現在は誰も住んでいない鳴沢邸で仮住まいを始めた。

穂村浩雄が〝パートナー〟といつどのようにして知り合ったかはまったく不明だが、この共犯者を、彼は叔父の鳴沢文彦に隠れて鳴沢邸の離れに隣接する古いプレハブにこっそり住まわせていたものと思われる。

連続強姦殺人を発案したのがどちらだったのかもいまとなっては解明しようがないが、被害者を拉致してくるのは〝パートナー〟で、乱暴するのは穂村浩雄とそれぞれ役割分担していたことはまちがいないと考えられる。

鳴沢邸の二階の穂村浩雄が寝起きしていた部屋からは、わりと新しいパソコンと周辺機器が押収されている。鳴沢文彦によると、これは彼が就職活動のためという名目で甥に買い与えたものであるという。このパソコンで穂村浩雄は撮影したビデオの編集作業を行っていた。撮影に使ったホームビデオカメラは三台とも市内の量販店で穂村浩雄本人が購入したものであることが確認されたが、その代金を彼がどうやって工面したかは不明である。鳴沢文彦によればパソコンと携帯電話は就職活動に必要だろうからと一応納得して買ってやったが、ホームビデオカメラに関してはまったく覚えがないという。

被害者たちを拉致してくる役割に加え、編集したＤＶＤを各関係者の郵便受に投げ入れて脅迫電話をかけ、被害者の遺体を適当な場所へ遺棄してくるという一連の事後処理はすべて〝パートナー〟が請け負っていたと考えられる。各関係者の自宅やマンションの防犯カメラが捉えていた映像や、連続スタンガン強盗事件の被害者たちの証言などからも明らかなように、〝パートナー〟は常にスキーキャップやサングラス、付け髭で変装して行動していた。ただし穂村浩雄と〝パートナー〟のあいだで如何なる経緯があってこうした役割分担が確立されたのかは、まったく不明である。

不明といえば、編集したＤＶＤを被害者の各関係者たちへわざわざ送りつけた動機だ。単なる露出癖なのか、それともいびつな自己顕示欲なのか。ともかく決して低くないリスクを冒してまでスタンガン強盗を装い、携帯電話に知人の自宅の住所を入力している被害者を探すという手間をかける以上、それ相応の理由があったものと思われる。

ちなみに被害者を拉致するために使用したとおぼしきスタンガンは、鳴沢邸の離れの防音スタジオの通用口から出入りするガレージに停めてあったバンのなかから発見されている。防犯ビデオの映像やスタンガン強盗の被害者たちの証言から〝パートナー〟は手袋を嵌めて行動していたことが判っており、当然ながらスタンガンやバンの車内からは該当する指紋は検出されていない。それほど用心していた〝パートナー〟と穂村浩雄がDVDのケースなどに指紋を付着させてしまったのは、ビデオ編集や封筒詰め作業の煩雑さゆえのミスであったと思われる。

携帯電話の入力データという要素を除くと被害者たちは基本的に無作為に選ばれており、従って本件は無差別連続強姦殺人という側面を併せ持っているが、四番目の犠牲者、科野さくらのケースのみは例外である。というのも生前の彼女は穂村浩雄と面識があったからだ。

叔父の鳴沢文彦が常連の〈ラビュリントス〉というバーラウンジにこの数カ月間、穂村浩雄が足繁《あししげ》く通っていたことが確認されている。最初だけは鳴沢文彦に連れられてきたが、あとはすべてひとりで訪れ、叔父のキープしているボトルを飲んでは熱心に科野さくらをくどいていたようだという。

科野さくらの殺害後、編集したDVDは地元テレビ局のアナウンサー、麻羽脩のもとへ送りつけられている。これは科野さくらの携帯の電話帳に麻羽脩の携帯電話の番号と自宅の住所が入力されていたからだ。しかし麻羽脩によると彼と科野さくらは知己でもなんでもなく、一度〈ラビュリントス〉を訪れた際に携帯電話のデータを彼女に盗み見されたのではないかという。その証拠に〝パートナー〟の脅迫電話に使われる以前の科野さくらの携帯から麻羽脩の携帯への発信履歴は残っていない。

　科野さくらが四番目の犠牲者に選ばれたのは、自分になびいてくれないという穂村浩雄の私怨《しえん》もおそらくあったのだろうが、彼女の携帯電話に麻羽脩のデータが入力されていると知ったことも小さくない要因だったと考えられる。その証拠に、三番目の大室奈美が殺害されてから四番目の科野さくらが殺害されるまでの間、スタンガン強盗は一件も発生していない。新しい獲物を探すまでもなく最初から狙いを定めていたからだろう。

　四番目の科野さくらが殺害されてから五番目の武川真希が殺害されるまでの間もまたスタンガン強盗は一件も発生していない。武川真希の携帯の電話帳に携帯の電話番号と自宅の住所が入力されていたのは栗原正明ひとりだけだったが、それで充分だと〝パートナー〟は判断して彼女を拉致したものと思われる。

　武川真希は〈最明寺女子学園〉の芸術科目では書道を選択しており、栗原正明の授業を受けたことは一度もない。にもかかわらず栗原正明の個人データを携帯に入力していたのは、あるいは前回の科野さくらのケースと同様、こっそり盗み見した可能性も否定できない。同級生の証言によれば栗原正明は「とってもかっこいい先生だったから、真希がひそかに熱を上げていたとしてもおかしくない」という。

武川真希もデータを入手しただけで満足だったのだろう、〝パートナー〟の脅迫電話に使われる以前に彼女の携帯から栗原正明の携帯への発信履歴は残っていない。

〝パートナー〟はこれまでの犯行と同じ手口を反復する。栗原正明の自宅マンションの郵便受に編集したＤＶＤを入れて脅迫電話をかけ、殺害した武川真希の遺体を遺棄した後、アジトにしている鳴沢邸へ戻ってくる。そこでＤＶＤを観て駈けつけてきた栗原正明と鉢合わせしたものと思われる。

栗原正明の自宅の大型テレビには武川真希が乱暴されている映像をおさめたＤＶＤが残っていたが、彼がこれまでの他の関係者たちと決定的に違っていたのは、ビデオ撮影した場所がどこであるかを即座に見破ったであろうと考えられることだ。〈古我知学園〉時代、軽音楽同好会として鳴沢文彦、他二名とともにバンド活動していた栗原正明は、鳴沢邸の離れの一室を改造した防音スタジオに毎日のように出入りしており、室内の様子を知悉《ちしつ》していた。

彼がビデオを観た時点で武川真希はすでに殺害されていたと思われるが、おそらく栗原正明はそのことをまだ知らず、急いで鳴沢邸へ駈けつければ生徒を救えると考えたのだろう。そこで武川真希の遺体を遺棄して戻ってきたばかりの〝パートナー〟と鉢合わせした。

凶器となったサバイバルナイフは〝パートナー〟が護身用に持っていたものと思われる。柄の部分から検出された指紋は栗原正明のものもあったが、大半は〝パートナー〟のものだった。揉み合いになって辛くもそのサバイバルナイフを奪った栗原正明は、勢い余って〝パートナー〟を刺殺。しかしそのとき背後に迫ってきていた穂村浩雄の存在にはまったく気づいていなかった。

穂村浩雄はメトロノームで栗原正明の頭部を殴打して抵抗力を奪い、これまで女性たちを殺害するのに使ってきたのと同じビニール紐で彼を絞殺した。メトロノームからは穂村浩雄のものを含む複数の指紋が検出された。

穂村浩雄が栗原正明を殺害したのが何時頃だったかは不明だが、その日の朝、叔父の鳴沢文彦が鳴沢邸を訪れる約束であることを憶い出したのだろう。ふたりの遺体をどこかへ隠してごまかすことも考えたかもしれないが、とても時間が足りないと諦め、鳴沢邸から逃走した。

逃走する際、スタジオのすぐ隣りのガレージに停めてあったバンをなぜ使わなかったかというと、穂村浩雄は運転免許を持っていなかった。このことからも彼は〝パートナー〟のように車を運転できる共犯者が最初から必要であったのだと考えられる。

ちなみに一連の犯行に使用されたバンのキーは、鳴沢文彦が穂村浩雄に就職活動に必要だからと頼まれて貸していたものだという。彼は甥が当然、車を運転できるものだと思い込んでいたと言い、そもそも免許証を取得すらしていなかったとは知らなかったと大いに驚いていた。

一旦は逃走したものの、〝パートナー〟と栗原正明の遺体を叔父に発見されたら、いずれ警察に逮捕されるだろう。そうなったら極刑は免れまい。すっかり観念した穂村浩雄は自ら死を選んだ、というわけだ。

＊

こうして女性五人と栗原正明、合計六人もの犠牲者を出した重大事件は、穂村浩雄と〝パートナー〟ふたりの被疑者死亡のまま終結した。鳴沢文彦がほんとうに甥の犯行にまったく気づいていなかったのかと疑問を呈する向きもあったが、結局は実家をアジトとして利用されただけで事件そのものには無関係であると判断された。

それまで報道規制が敷かれていたDVDの件など詳細が公表されると、世間の関心は一時期それで持ち切りになった。どんなふうに伝えてみたところで煽情的《せんじょう》にならざるを得ない話題ゆえ、マスコミの過熱ぶりもなかなか収まらなかった。

なかでもとりわけクローズアップされたのが、栗原正明の行動だ。教え子――実際には武川真希は彼の授業を一度も受けたことがないにもかかわらず、必ずそう称された――の危機を救おうと果敢に現場へ駈けつけたばかりに、妻子を残して生命を落とすことになってしまったという悲運。あまりにもドラマティックだ。

犯人たちの残虐さや事件の猟奇性とは対照的に、栗原正明の非業の死はさながら一服の清涼剤の如く美談仕立てでテレビや週刊誌、インターネットなどあらゆるメディアで大きく取り上げられた。

元スタジオミュージシャンの音楽教師という経歴も世間の耳目を集めたのだろう、エレキベースをかまえて微笑んでいる栗原正明の写真を使った媒体も少なくなかった。

NOISE 12

鳴沢の立てた計画は一分《いちぶ》の隙も遺漏《いろう》もなく完璧に遂行された。
にもかかわらず彼は目的を果たせなかった。

なんてこった……鳴沢はその日、起床してから何度目になるかも判らない溜息《ためいき》をついた。

早朝五時半、〈根占公園〉に入った鳴沢はベンチの前で足を止めた。〝ダブル〟がいつも座っていたベンチだ。もちろんいま〝ダブル〟はいない。鳴沢以外、誰もいない。町内会長の家の窓もすべてカーテンが閉まっている。

ベンチに座るとほとんど条件反射的に、〝ダブル〟を刺殺したときの感触が掌《てのひら》に甦った。サバイバルナイフの刃先がするっと相手の腹部へ吸い込まれてゆく。想像していたよりも呆気なく。

連鎖的に、正明を絞殺したときの瞬間、そして自殺を偽装して浩雄の首を吊って殺した瞬間がそれぞれ脳裡で明滅する。いずれも呆気なかった。いささか拍子抜けするほど呆気なかった。

少なくとも女五人を絞殺したときほどの高揚感も解放感も皆無だった。男たちを殺害することは鳴沢にとって雑用の域を出ず、あまり気も進まなかったが、やらないと計画を完遂できない。

そして完遂した。そう。

鳴沢の計画は完璧だった。実際なにもかもがうまくいったのだ。いろいろな場面で運の良さにも恵まれ、これ以上は望めないくらいうまくいったというのに。

……なんてこった。世の中、なかなか最後の最後まで思いどおりにならないのが常とはいえ、まったく、なんてこった。

大きく肩を回して再度溜息をつく。銀杏の木を見上げようとしたそのとき、鳴沢の視界の隅で動くものがあった。

なにげなしにそちらを向くと黒いパンツスーツ姿の若い女が遊歩道を歩いてくる。見覚えのある顔だった。

「——おはようございます」

大振りのショルダーバッグを肩にかけた彼女はまっすぐ鳴沢のところへ歩み寄ってきた。

「あなたは、たしか警察の……」

「城田ともうします。憶えていてくださって光栄ですわ」

「そりゃあ簡単には忘れられませんよ。なにしろ我が家で友人たちの他殺死体を発見したときにお会いした刑事さんなんですから」

「そうでしょうね。ましてやその犯人が他ならぬ甥ごさんだった、ともなれば」

「ええ、まあ……」

「ここ、ごいっしょしてもよろしいかしら」

「どうぞ」

理会はショルダーバッグを先ずベンチに置き、鳴沢の隣りに腰を下ろした。そのショルダーバッグに鳴沢は見覚えがあるような気もしたが、憶い出せない。

「ところで今日はなにか？　まさかこんな時間にわざわざわたしに会いにこられたわけでもないと思いますが」

「いえ、わざわざあなたに会いにきたんです」

「ほう」

「ぜひともお話ししておかなければならないことがありまして」

「なんでしょう、いったい」

「最初にお断りしておかなければなりません。実は今日は刑事としてではなく、あくまでも一個人としてわたしはここへ参りましたので、そのつもりでお聞きいただけるかしら」

「それはこちらも願ったりですよ」

「あら」

「先日お会いしたときも思ったが、あなたは職業をおまちがえになっている」

ふふっと理会は無邪気に微笑んだ。「よく言われます」

「そうでしょう。それだけおきれいなら他にもっと——」

「これまで何人もの知能犯、凶悪犯から、ね」

「え」

「おまえが警察官じゃなかったら自分は逮捕されずにすんでただろうに——って、よく恨み言をいわれます」

「……わたしの場合、純然たるお世辞のつもりだったんだが」

「ありがたく拝聴しておきますわ」

「それで？　お話とは」

「甥ごさんのことです。実は彼のとった行動で少し不可解な点がありまして」

「おや、今日は刑事という立場でここへ来たわけではなかったんじゃありませんか」

「いかにも。ですから一個人としての野次馬根性のようなものだとお考えください」

「不可解な点というなら、甥があんな極悪非道な犯罪に手を染めたこと自体、わたしにとっては大いに不可解だ」

「ごもっとも。ちょっと鳴沢さんにお訊きしたいんですけど。穂村をご実家に住まわせることになったとき、彼にどういうふうにおっしゃいました」

「どういうふうに、というと?」

「例えば電気代を控えろとか、寝起きする部屋は母屋しか使うなとか、仮住まいにするに当たってなにか具体的な指示をしましたか」

鳴沢は少し考えた。「……いや、特には。どうせ誰も住んでいないんだから、好きなように使えと言いました。幸い電気もガスも水道もそのままだったし」

「二十年余り誰も住んでいなかったんですよね。なのに電気もガスもそのままだったとは」

「ほんとうは家そのものをとっくに処分しておくつもりだったんです。それがなかなかうまく話がまとまらなくて、土地を切り売りしてごまかしたりしているうちになんとなく、ずるずると」

「なるほど。鳴沢さんが穂村の就職活動のために買い与えたのはパソコンと携帯電話、このふたつだけですか」

「買ったのはね、それだけです。あと滅多に使わないバンも貸してやったが」

「わたしが不可解に思っているのはそのパソコンについてなんです」

「パソコンがどうかしましたか」

「あのパソコンを穂村は自分が寝起きしていた部屋に置いていました。つまり母屋の二階の」

「そうだったようですね。それが？」

「なぜでしょう？」

「さあ。そんなこと、なぜと訊かれてもね、本人の気分の問題なんだし」

「まさにね。ところがその肝心の本人の気分に反していたかのような状況がなんとも不思議で」

「なんですって？」

「ご存じのように穂村は被害者を撮影したビデオの編集作業をあのパソコンで行っていました。就職活動に必要だからという口実に反して、主な用途はそれだけだったようです。だったらなぜ母屋のほうに置いておいたのか」

「どうも、なにをおっしゃりたいのかよく判りませんが」

「穂村が被害者たちを連れ込んでビデオ撮影していたのは離れの防音スタジオです。だったら編集作業もスタジオでやればいいじゃありませんか。そこが都合が悪いのならすぐ隣りの配膳室ででも。なぜそうしなかったのでしょう？」

鳴沢は一旦口を開きかけたが、結局は肩を竦めてみせるに留めた。

「犯人が被害者たちを拉致し、殺害した遺体を遺棄するまで平均してわずか十時間。もしも穂村がビデオ編集を行っていたのであれば、殺害役を請け負っていたのは〝パートナー〟のほうではないかと考えられる」

「〝パートナー〟？」

「勤め先の学校の女子生徒を救出しにきた栗原正明氏に返り討ちに遭ったと見られている身元不明の共犯者のことです。わたしたちは便宜的にそう呼んでいましたので」

「なるほど」

わたしは〝ダブル〟と呼んでいましたと口走りたい誘惑にかられている自分に気づき、鳴沢は可笑しくなった。

「ともかく殺害役を請け負っていたのは穂村ではなく〝パートナー〟のほうだろうと考えられる。理由はお判りですよね」

「時間的な問題、ですか」

「さよう、時間的な問題です。穂村は被害者たちを乱暴しなければいけないわ、それを撮影したビデオを編集しなければならないわで忙しい。被害者たちを殺害するのを〝パートナー〟に任せるのはごく自然な流れです。ならばなぜ肝心のパソコンを遠く離れた母屋の二階に置いておいたのか。撮影場所のすぐ隣りの配膳室へ持ってきたら、なにか差し障りでもあったんでしょうか？」

鳴沢は再び肩を竦める。「しかしですね、遠いというが、離れから母屋への移動時間なんてたかが知れている」

「そう、たかだか数分。しかし時間に追われているはずの犯人の心理としては如何にも不自然であることもたしかです。そこで少し見方を変えてみましょう。すると、なぜパソコンを母屋のほうに置いてあったのか——というよりも母屋のほうに置いておかなければならなかったのか——という理由を説明できるある設定が浮かび上がる」

「ある設定？」

「ずばり、穂村は主犯ではなかった」

「主犯ではない……」

「母屋に置いてあるパソコンで編集作業をする間、〝パートナー〟が被害者を殺害する。一見ごく自然な流れの役割分担のようにも思える。しかし、だったら何度も言うように、穂村はスタジオのすぐ隣りの配膳室で作業をやってもよかったはずです。なぜそうしなかったのか、答えはひとつ」

「それは？」

「殺害実行役が穂村にそうしろと命令したからでしょう。それはなぜか。殺害現場を穂村に目撃されてはまずかった。パソコンを母屋の二階の部屋に置かせていたのはそのためです。ビデオ編集作業という口実で穂村を離れから追い出している間に被害者を殺す。言い換えれば穂村は実は、自分が殺人の片棒を担がされていることをまったく知らなかったのではないか……彼が主犯ではなかったというのは、ずばりそういう意味です」

「つまりこれまで共犯者だと思われていた〝パートナー〟という身元不明の男のほうが実は主犯だったと。刑事さんはそう言いたいわけですか」

「ちょっと違う。主犯は身元不明なんかではありません」理会はじっと鳴沢を見据えた。「わたしは鳴沢さん、あなたが穂村を巻き込んだ主犯だったと考えている」

やはりそうきたか、キャリアとおぼしき若き女性警視がわざわざやってきた以上、そんな告発に及ぶ心づもりなんじゃないかとは思っていた。さて。鳴沢はどう反応すべきか迷ったが、とりあえずそっと首を横に振ってみせた。

「いきなりなにを言うかと思えば。いったいなにを根拠に？　なにかそうだという証拠でもあるんですか」

「証拠はありません」

「ずいぶんあっさりとおっしゃいますな」

「さきほども言ったように、今日わたしは警察官としてではなく一個人としてあなたに会っている。司法の権限でこんな告発をしているわけではない。証拠があるのなら逮捕状を執ってから来ます」

「どうもよく判らない。証拠がなくて逮捕状も執れないのに、なぜわざわたしにこんな話をするのです」

「そうしないではいられない、とでも言っておきましょうか。わたしはあなたが犯人だと確信しているんです」

「あのね、あなたも警察官なんだ、名誉毀損という言葉をご存じないわけないでしょ」

「もちろん。訴えるというのならどうぞご随意《ずいい》に。ただし」理会は薄く微笑んだ。「それはわたしの話を最後まで聞いてからにしてくださる?」

「なぜそんな無駄なことに付き合わなきゃいけないのか、さっぱり判らない」

「決して無駄ではないと思いますよ、鳴沢さん、あなたにとって」

「なんだって」

「この際わたしの話をちゃんとお聞きになったほうがいい。聞かなかったら一生後悔することになるでしょう。もっとも、聞いたら聞いたで別の意味で一生後悔することにもなりそうですが。さて、どちらの後悔をお選びになります?」

「ずいぶん無礼だな。だいたい――」

「おそらくあなたは穂村に、あれは裏ビデオの製作だとでも吹き込んでいたんでしょう。そして被害者の女性たちは拉致してきたのではなく、金で雇ってきた女優たちだとでも言いくるめた。だから彼はビデオのなかで不用心に喋ったりしている」

さらになにか言い募ろうとする鳴沢を遮るようにして理会は話を元に戻した。

「改めて考えてみるまでもなく、犯人はビデオをわざわざ編集する必要なんてなかった。被害者の関係者にそんな映像を見せて露悪《ろあく》趣味を満足させたいのなら、撮りっぱなしのものをそのまま送ればいいんですから。にもかかわらず穂村にパソコンを買い与えてそんな雑用をさせたのは、これが殺人ではなく裏ビデオの製作だという作り話をもっともらしくさせるためだった。そして編集作業にはもうひとつ重要な意味があった。あなたが離れで被害者たちを殺害している間に穂村を母屋へ追い払うためです」

睨みつける鳴沢の視線を涼しく受け留めながら理会はショルダーバッグを開けた。

「彼が母屋で編集作業をしている間、あなたは被害者を殺す。そして穂村が戻ってくる前に遺体はバンに積み込んでおき、あの女優ならもう帰っていったと嘘をつく。この嘘が彼にばれる心配はなかった。被害者の知人へ送りつけられるＤＶＤに関しては映像の内容が内容だ、おそらく一連の事件が全面解決するまでは報道規制が敷かれるだろうとあなたは読んだ。事実その通りになった。たとえ穂村が他殺体発見のニュースに接したとしても、彼が被害者の名前を知らない以上、自分が乱暴してビデオ撮影した女性であると気づく心配はなかった。もちろん科野さくらの場合は例外です。彼女が殺害されたというニュースを見たら、さすがに穂村も驚いていたでしょう。しかし仮にそうなったとしてもあなたは彼を丸め込む自信があった。これは別人のことだと。科野さくらというのは彼女の本名じゃなくて店の源氏名だとかね。いくらでもごまかす方法はあると。実際には、穂村は科野さくらが殺害されたというニュースには気づいていなかったんでしょう。だからすんなりと武川真希を――」

「もうしわけないが、わたしは忙しいんでこれで失――」

ぴらりと音をたてて理会はショルダーバッグから数字や罫線《けいせん》が印字された紙を取り出し、立ち上がろうとしていた鳴沢の鼻面に突きつけた。

「なんだ？」

「穂村の携帯電話の着信履歴です。ここに興味深い記録が残っていますよ。彼が何日の何時頃にあなたから電話を受けたか、という」

鳴沢はきょとんとなった。が、好奇心を刺戟されたのか、浮かしかけていた腰をベンチに下ろす。

「あなたが穂村の携帯に電話をしたのは合計で二十八回。それも決まって日に二回ずつかけている。だいたい朝九時から十時までの間、そして夜、七時から九時までの間。いいですか、決まって二回です、一日のうちに」

まだぴんときていないかのように鳴沢は眼を細めた。

「あなたが穂村に電話をした日は全部で十四日。その日付を順番に見ていきましょうか。ほら――なにか気づきませんか？」

鳴沢は首を横に振る。

「一番目の日から四番目の日、実はこれらはいずれもスタンガン強盗事件が起こった日なんです」

初めて鳴沢の表情が強張った。

「そして五番目の日、これが実は内村多賀子さんが拉致されて殺害された日と同じ」

理会の手のなかのプリントアウトに鳴沢はのろのろと眼を落とした。

「続けて六番目と七番目。この両方ともやはりスタンガン強盗事件が起こった日と重なっている。そして八番目の日というのが、岡崎紫乃さんが拉致されて殺害された日と同じ」

鳴沢が視線を上げた拍子に理会と眼が合った。

「九番目から十一番目、これらもやはりそれぞれの日にスタンガン強盗事件が発生している。そして十二番目が、大室奈美さんが拉致されて殺害された日と同じ」

無表情の理会を鳴沢はじっと見つめた。

「十三番目が、科野さくらさんが拉致されて殺害された日と同じ日。そして十四番目が、武川真希さんが拉致されて殺された日と同じ日です。わたしがなにを言いたいのかお判り？」

「……さあね」

「朝の分の電話は穂村に、今日はビデオ撮影があるかもしれないから家で待機していろ、と指示するためのものでしょう。いざ被害者を拉致してきたら肝心の穂村はふらふら〈ラビュリントス〉に遊びにいっていて留守だった、なんてことになったら困りますからね」

「夜の分は？」

「スタンガン強盗のみの日は、今日は女優側とスケジュールの調整がつかなかったから撮影は中止だと連絡する、条件に合う標的が見つかった場合は、これから撮影に入るからスタンバイしておけと指示する、それぞれの電話だったというわけです」

「……どれだけ飛躍した憶測ですか。こんなもの、単なる偶然でしょ」

「あなたが穂村に電話した日に限ってスタンガン強盗と強姦殺人事件が発生する、そういう偶然が起こる確率ももちろんゼロではないでしょう。しかしわたしたちの感覚から素直に申し上げれば、これは偶然なんかではありません」

「ではこれが証拠だというのか、わたしが事件に関与しているという？」

「ま、状況証拠と呼べるかもしれませんね。もちろんこんなもので逮捕状が執れるほど日本の裁判所は甘くないからこそ、あなたはこうして自由の身でいられるんです」

理会は再びショルダーバッグからなにかを取り出した。見ると何週間か前の週刊誌だ。

「これは……？」

「あら、あなたもきっとご覧になったんじゃないですか？　教え子を救おうとして生命を落としてしまった栗原正明氏の無念を取り上げた記事が載っています。この雑誌だけじゃない、ほら――」

理会は月刊総合誌、女性誌と次から次へと取り出し、ベンチに積み上げた。

「すべて栗原さんの件を取り上げている。なかには表紙の見出しに使っているものもある。いかがですか」

「いかが、とは？」

「これがあなたの目的だったんでしょ」

思わず顔を上げた鳴沢は理会の冷たい視線に晒され、慌てて眼を逸《そ》らした。額に脂汗が浮かんでいるのがよく判った。

「今回の一連の事件には不可解な点が多かった。女性を無差別に拉致監禁して乱暴、殺害する。それだけならば他に類例を見ないというほどの特徴ではない。凌辱シーンを撮影したDVDを被害者の知人に送りつけるというのも、露出癖や自己顕示欲の強い犯人ならばあり得る。が、知人の自宅住所を携帯の電話帳にデータ入力している女性をわざわざ選び、そこからピックアップした相手に脅迫電話をかけるという辺りから常軌を逸してくる」

「わざわざ脅迫電話をかけるのだって自己顕示欲の為せる業でしょ」

「普通はね。しかし一見さしたるメリットがなさそうにもかかわらず、被害者の携帯電話を使うことにこだわるとなると尋常ではない」

「こだわってる……そうかな」

鳴沢は投げ遣《や》りに呟いた。

「そもそも自己顕示欲というのなら、なぜ犯人はマスコミや警察にDVDを送らないのか？　異常性欲にかられた犯罪であるのなら、なぜビデオ撮影や編集にじっくり時間をかけないのか？　携帯電話のGPS機能を恐れて迅速処理しているというのなら、本末転倒もいいところです。いくら被害者の電話帳を使うといっても、そこまで携帯電話にこだわる必要なんてない。DVDを送りつける相手を選んだら携帯電話そのものは棄てて公衆電話を使えばいい。なのに絶対にそうはしない。かたちばかり要求しておきながら身代金を奪う意思が最初からないのは明らかですから、そもそも脅迫電話をする必要すらないのです。被害者の電話帳から知人を選ぶ限り、その相手がDVDを受け取ろうにも受け取れない状態にあるリスクだって常にある。二番目に殺害された岡崎紫乃の某知人のように、かかわり合いになるのを恐れてDVDそのものを処分し、警察に通報すらしない輩《やから》だって出てくるかもしれない」

二番目……って名取泰博か。あの野郎、そんなふざけた真似をしてたのか、と鳴沢は危うく口走ってしまうところだった。

「もっと根本的なことを言うなら、携帯電話のデータに知人の自宅の住所まで入力しているひとってどれほど一般的なんだろうか、ひょっとしてひとりも見つからなかったりするんじゃないか？　とか。かように犯人が想定しなければならないリスクや障害は余りにも多い。普通の感覚の持ち主ならこんな計画は断念するでしょう。にもかかわらずこの犯人が実行したのは、これらのリスクや障害を考慮しなかったからでは決してない。途中で多少の失敗や遺漏があっても構わなかったからです。犯人のほんとうの目的は最終的に、武川真希を救おうと鳴沢邸へ乗り込んだ栗原正明が犯人に殺害されてしまったという物語を捏造《ねつぞう》することだったんですから」

鳴沢は疲れてきた。事件に無関係なふりを続けることがだんだん面倒くさくなってくる。

「そしてここにこそ犯人が被害者の携帯電話にこだわった理由があるんです。あの日、栗原さんは犯人からの脅迫電話なんか受けていない。おそらく適当な口実であなたに鳴沢邸へ呼び出され、そして殺された。身元不明の〝パートナー〟を自分の替え玉にして殺害したのも、武川真希を殺して死体を遺棄したのも、穂村浩雄を自殺に偽装して殺したのも、すべてあなたの仕業です」

無意識に鳴沢は頷いていた。そのことに少し遅れて気づいて苦笑する。

「あなたは栗原さんの鍵を使い、彼の自宅のテレビに穂村が編集した武川真希の凌辱シーンのDVDをセットしてくる。そして武川真希の携帯を使い、栗原さんの携帯に着信履歴を残して脅迫電話をかけたかのように装う。これはもちろんどこかの公衆電話からかけても同じ効果が得られる。しかしなにしろあなたは最後の仕上げとして偽装工作の数々が控えていて多忙の身です。そう、時間に追われているのです。武川真希の携帯の電話帳に本来は登録されていなかった栗原さんの携帯の電話番号と自宅の住所を入力しておくなど、やらなければならないことは山ほどある。加えて、いつなんどき不測の事態に見舞われるか判らない外出は極力避けたい。だから被害者の携帯電話と栗原さんの携帯電話、両方が同時に手元にあるほうが都合がよかった。これが一連の事件の間、犯人がずっと被害者の携帯電話にこだわり続けたほんとうの理由だったのです」

鳴沢は無性になにか口を挟みたい衝動にかられたが、我慢することにした。

「最初の被害者である内村多賀子のビデオを観たとき、わたしはある違和感を覚えました。そして嫌な予感にかられたのです。この犯人は再び同じ犯行を繰り返すつもりなのではないかと」

鳴沢は驚いて理会を見た。言葉にはしなかったが、眼が、なぜ？　と訊いている。

「オーディオセットやキーボード、そして一部のみとはいえドラムセットなど特徴のある品の数々。こんな見るひとが見れば即座に場所を特定されかねないようなところでわざわざ犯罪ビデオの撮影に及ぶというのは如何にも不自然です。その時点では具体的なイメージが湧かなかったものの、わたしは直観的に、これはなにかの伏線ではないかと感じた」

「伏線……」

「最後に栗原さんが殺害されたとき、すべてが判りました。そうだったのか、と。一番目から四番目までの犯行はすべて、勤め先の学校の女子生徒が乱暴されるビデオを観た栗原さんがその映像から即座に場所を特定し、彼女の救出のために鳴沢邸へ向かった——という物語を完成させるための伏線に過ぎなかったのか、と。犯人が一連の犯行中、数々のリスクや障害をものともしなかったのは当然だったのです。そうそう、最後の犯行を予感させる伏線といえばもうひとつ、被害者たちの上着のことがありましたね」

反射的になにか呟きそうになって鳴沢は思い留まる。

「乱暴された被害者たちは下半身は服や下着を剝ぎ取られているのに、なぜか上着はいつもそのまま。それは単に犯人の嗜好だろうと解釈されることをあなたは期待したのかもしれない。事実そう考えた捜査官もいた。しかし実は違う。ビデオに映っていた防音スタジオのインテリア同様、栗原さんはＤＶＤを観たからこそ鳴沢邸へ向かったのだという物語を支えるための重要な伏線だったのです」

理会は雑誌を一冊、手に取った。表紙を鳴沢のほうに向ける。

「武川真希は一度も栗原さんの授業を受けたことはなかった。彼女は、なにしろ相手は学校の先生ですから栗原さんのことを多分知っていたでしょうが、栗原さんのほうは武川真希という生徒の存在を把握していなかったかもしれない。少なくとも生前のふたりに明確な接点などなかったという可能性は大きい。あなたは〈最明寺女子学園〉の制服を着ていてなおかつ携帯電話を所持しているという条件のみで武川真希を選び、拉致したんですから」

理会は雑誌をベンチに戻した。

「もしもビデオに彼女が全裸で乱暴されているシーンしか映っていなかったらどうだったでしょう。栗原さんが果たして一度も授業を受け持ったことがないはずの武川真希の顔を見分けられたかどうか、と疑問の声がどこかから上がっていたかもしれない。しかし彼女が制服の上着をつけたままならば話は別です。たとえ見覚えのない娘であろうと、自分の勤める学校の生徒であることはまちがいない。そしてその撮影現場も判っている。栗原さんはすぐに救出に向かい、そこで犯人たちの手にかかり生命を落とした……というあなたの描いた架空の物語のシナリオがここに完結するというわけです」

理会は別の雑誌を手に取った。

「内村多賀子をはじめ拉致監禁した五人の女性、知らずに協力させられていた穂村、替え玉として使った身元不明の〝パートナー〟、そして栗原さん本人、合計八人をあなたは殺害した。それらはすべてそのシナリオを完結させるためだったのです」栗原正明の記事が掲載されているページを捲り、鳴沢のほうへ向けた。「こうして現代社会では稀《まれ》な美談として大々的にマスコミに取り上げられるように持ってゆくために、ね」

「なぜ……」我慢しようとしたつもりが鳴沢は思わず声を出していた。「なぜそんなことをしなければならない。そんな、ばかばかしい。友人の死を美談に仕立てるために、だなんて。延々とご託を並べた挙げ句のあなたの結論がそれですか？　ばかも休みやすみ言ってもらいたい」

喋り過ぎるのは危険だと理性が警告を発していたが、一度勢いがつくとなかなか止められない。

「そんなことをしてわたしがいったいどんな得をするっていうんです。得どころじゃない、甥があんなとんでもないことをしでかしてくれたお蔭で、こちとらえらい迷惑なんだ。被害者の遺族の方々は、あれの父親だけではなく、提供した仮住まいを凶行現場に利用された監督責任だのなんだのというもっともらしい名目で、わたしにも損害賠償を請求しようと民事裁判の準備をしているらしい。それだけじゃない、このところわたしがご近所でどれだけ白い眼で見られているかご存じですか。肩身が狭いどころの話じゃない。割に合いませんよ、そんな。たとえどんな動機があろうとも、わざわざ自分の実家を穢《けが》してまで犯罪に手を染めるだなんて。ましてや、なんですって、友人の死を美談に仕立てる？　そんなばかげたことのために八人もの尊い生命を奪うだなんて、正気の沙汰《さた》じゃありませんな」

「まさしくね。まさしくあなたは正気ではなかったんでしょう」

理会がショルダーバッグから取り出したものを見て鳴沢はぎくりとした。思わず全身が硬直するのを隠す余裕もない。

それは同窓会名簿だった。〈古我知学園創立八十周年記念版〉の。

鳴沢の動揺を見透かしたかのように理会はうっすら微笑んだ。

「内村多賀子、岡崎紫乃、大室奈美、そして武川真希の四人は、携帯の電話帳のデータという共通条件があったとはいえ、基本的には無作為に選ばれた。しかし四番目の科野さくらだけは別です。おそらくあなたは科野さくらに対してだけは明確な殺意を抱いていたのでしょう。だから一連の計画のついでにこの際、殺しておくことにした……とわたしは踏んでいますが、もしもそうだとしたら鳴沢さん、それは大いなる失敗でしたね」

理会は微笑はそのままで凍《い》てつくような眼差しを鳴沢へ向けてくる。

「あなたは科野さくらを殺すべきではなかった。なぜならビデオの内容から判断して、生前の彼女が犯人たちと面識があったことが明らかになった。そしてそれはある重要なことにわたしたちを着目させました」

理会は〈古我知学園〉の同窓会名簿を眼の高さに持ち上げてみせた。

「麻羽脩の携帯電話の番号が科野さくらの携帯の電話帳に登録されていたのは、おそらく彼女がこっそり盗み見していたからでしょう。しかし、そう簡単に入手できたとは思えない麻羽家の住所まで入力されていたのはどうしてか。もしかして犯人が追加入力したから？　麻羽氏によると、この名簿には住所が公開されている。だとしたら犯人は〈古我知学園〉の同窓会名簿を見られる立場の人間なのかもしれない、とね」

落ち着け、と鳴沢は自分に言い聞かせた。

「察するにあなたは、なにかの機会に科野さくらが麻羽脩の携帯電話の番号をこっそり入手していることを知り、そこからヒントを得て、被害者たちの携帯の入力データを改竄することで思い通りのシナリオを描くという今回の計画を立てたんでしょうね。そして首吊り自殺したとされる穂村浩雄が、彼女が勤めていた〈ラビュリントス〉にこの三月から足繁く通っていたことを突き止めるに至り、わたしのあなたに対する疑惑は決定的なものとなりました。敢えてもう一度申し上げておきましょう、鳴沢さん、科野さくらを殺したのはよけいなことでした、ほんとうに」

落ち着け、落ち着け、と鳴沢は自分に言い聞かせた。

「そしてあなたの描いたシナリオの主役が栗原さんだったと明らかになったとき、この同窓会名簿の意味はさらに重要さを増しました。すぐに連想したのが鳴沢邸の母屋の居間に飾ってあった写真パネルです」

鳴沢は自分に言い聞かせ続けた。落ち着け、落ち着け、落ち着け、と。必死で。

「そう。あなたたちが〈古我知学園〉時代に活動していたバンド〈F・M・K・K〉――この練習用の防音スタジオが凶行の現場に選ばれている以上、他に考えられない」

もはや鳴沢は落ち着いてはいられなかった。理会が彼のもっとも恐れていた箇所を開いてみせたからだ。

『薬丸（比奈岡）奏絵』の項目……連絡先が空欄になっている。

「バンドのメンバーのうち、ドラマーだった井出啓太さんは八年も前に交通事故ですでにお亡くなりになっている。栗原さんとあなた自身を除けば、あとはこの旧姓比奈岡奏絵という女性しかいない。そして彼女の現在の連絡先は空欄になっている……如何《いかが》ですか、これこそがあなたが正気を失った原因だったのでしょう？」

あの日……鳴沢は思った。三月のあの日〈ストゥラーダ〉で科野さくらが話していた知人の女の話。不実な恋人だか婚約者だかに謝って欲しくて、ウエディングドレス姿で自殺騒ぎを起こしたことがテレビニュースで報じられたという。それを聞いて連想したのが、人命救助かなにかで表彰されるところがテレビに映り、長年音信不通になっていた親類がそれを観て連絡してきたという知人の兄弟の話だった。そうか、なるほど、マスコミか、と。

マスコミを利用する……それが鳴沢が思いついたアイデアだった。

マスメディアを最大限に利用して、どこにいるか判らない奏絵を自分の前へ引きずり出す。それこそが鳴沢のほんとうの目的だったのだ。

啓太が死んだとき、奏絵がわざわざ北海道から葬儀へやってきた一件も背中をひと押しした。もしも正明が死ねば……鳴沢はそう考えた。正明が死んだと知ったら奏絵は出てくるだろう、と。そう思いついたら正明を殺す決心はあっさりついた。

しかし正明がただ死亡しただけでは、彼女のところまでその知らせが届いてくれるかどうか甚だ心許ない。なにしろ奏絵がいま日本にいるという保証すらないのだ。だとしたらなにか重大事件に巻き込まれることで、正明の名前をマスメディアに大々的に躍らせるしか方法はない。

「こうして栗原さんのことがメディアに大きく取り上げられれば、奏絵さんは彼の葬儀のために故郷へ戻ってくるなり、あるいは唯一残ったメンバーであるあなたに連絡をとるなり、ともかくなんらかのかたちで姿を現すはずだ……あなたはそう期待して犯行に及んだ。違いますか？」

「失礼、もう帰ってもいいかな」

「栗原さんの弟さんにもいろいろお話を伺ってきました」

「……晴晃くんに？」

好奇心にかられたわけではなかったが、無意識に鳴沢は座りなおした。

「栗原さんは女装趣味があったそうですね。そのことで思春期より悩んでいたとか」

「……そうらしい。わたしも先日、初めて知って驚いた」

「昔はその弟さんにすら秘密にしていたことを栗原さんが早くから打ち明け、相談に乗ってもらっていたひとがいたそうです。誰だか判ります？」

理会の意味ありげな口ぶりに鳴沢はすぐにぴんときた。「奏絵……」

「そう。栗原さんは弟さんにこんなことを言っていたそうです、昔から自分と奏絵さんは男女関係があるんじゃないかとみんなに怪しまれていた、と。バンド仲間の井出さんや鳴沢さんでさえそう疑っているふしがあった、と。しかし実情はそんなことではなかったんだそうです」

「そんなことではなかった……のか」

「ではなぜだったのか判りますか」

「なぜ？　とは」

「なぜ栗原さんは奏絵さんにだけ自分の秘密を打ち明けていたのだと思いますか」

「あなたはまさか」鳴沢は初めて眼前の女刑事に対して嫉妬《しっと》めいた激しい怒りを覚えた。

「あなたはまさかご存じだというんじゃ……」

「話を聞いた弟さんによれば、彼女もまた同じ悩みを持っていたからだ、と」

「同じ……悩み？」

　意味が判らなかった。まったく。

「人口に膾炙されている言葉でいえば、性同一性障害ということになるのでしょうか。奏絵さんは、女である自分をほんとうの自分としてどうしても引き受けられずにいたのだそうです」

　判らない。わけが判らない。あの奏絵が？　女である自分をほんとうの自分として引き受けられない？　って。なんの冗談だ、いったい。

「だって彼女は……彼女はちゃんと結婚して」

「ええ、なんとか普通の女として生きてゆく決心をしていた。一旦はね。しかしその決心を覆す出来事が起こったのです。八年前に」

一拍遅れて鳴沢は呻いた。

「啓太……啓太が死んだとき……」

――やっぱり……やっぱりいつか、ひとは死んじゃうんだね。

「そうです。井出さんの死をきっかけに、奏絵さんは後悔したくないと思った。だから」

――……やっぱり……だから……だからわたし、やっぱり決めた、決めたの。

啓太の葬儀のとき、斎場の駐車場で正明に涙ながらに語っていた奏絵の声が甦る。まさか。

まさかあれは……奏絵、おまえ、まさか？

「性転換手術を決意した」

「う……」

鳴沢は嘘だと叫ぼうとしたが呂律《ろれつ》が回らない。舌がぴりぴり痺れる。

「鳴沢さん、わたしは最初にあなたに会ったとき、見覚えのある顔だと思った。そのときは憶い出せませんでしたが、離れで死んでいた〝パートナー〟にそっくりだったんだと後で気がついた」

当然だ、だからこそあいつを替え玉に使ったんじゃないかと喚きそうになっている自分が怖い。

「奏絵さんの手術を執刀したという医師の話も聞いてきました。奏絵さんはある写真を見せて、この三人の男性のうちの誰かに似せて自分を整形して欲しいという要望を口にしたそうです」

「写真……」

「あなたの実家の居間にも飾ってありましたね。アップライトピアノの上に」

「さ、三人のうちの誰か……って」

「その医師によると、向かって左側にいる男子高校生に似せるならあまり彼女の元の顔をいじらずにすむだろう、と」

奏絵……声にならない悲鳴の奔流が喉からせり上がり、鳴沢の頭蓋骨《ずがいこつ》を揺すった。

「風の噂だと奏絵さんは手術を受けた前後に離婚したそうですが、詳しいことは栗原さんの弟さんも知らないとのことでした」

理会は手を掲げてみせた。その掌のなかにあったのは古ぼけたカセットテープだ。

「……それは？」

こちらも年代物の小振りのカセットプレイヤーにセットする。理会は再生スイッチを入れた。

Isn’t she……

Isn't she......

奏絵の歌声のイントロダクション……え？

Isn't she lovely
Isn't she wonderful
Isn't she precious
Less than one minute old

「こ、これ……これをどこで？　正明のじゃ」

「このなかから見つけました」

理会は大振りのショルダーバッグを示した。それが〝ダブル〟が持っていたものであると鳴沢はようやく思い当たった。

「あの〝パートナー〟が持っていたんです。古いウォークマンのなかにセットして」

誰のことだ……誰だ、〝パートナー〟って……鳴沢はなかなかその言葉を自分のなかで〝ダブル〟とは変換できなかった。

変換できた途端、悟った。

そうか、そうだったのか。なぜ〝ダブル〟はこの公園でいつも早朝五時半にしか姿を現さなかったのか。なぜあの町内会長ですらその存在に気づいていなかったのか。

それは……それはわざわざ鳴沢に会いにきていたからなのだ。重大事故によるものと思われる記憶障害に悩みながらも微かなイメージを頼りにして、引き寄せられるようにして。彼女はこっそり地元へ戻ってきていたのだ。

高校卒業直前、鳴沢とふたりで話し込んだこの思い出の〈根占公園〉へ……ふいに鳴沢の掌にあの感触が甦った。

〝ダブル〟の腹部にするりと吸い込まれていったサバイバルナイフの刃先の忌まわしい感触。

あれは……あれは奏絵？

奏絵だったのか？

あの奏絵を、おれは。

おれはこの手で……？

そして正明の首を絞めた感触までもが、じわじわじわじわじわ鳴沢の両手に甦ってくる。痙攣するような疼痛《とうつう》を伴って。

なんてことを……おれはなんてことを。自分の口から迸《ほとばし》った凄《すさ》まじい絶望の悲鳴もいまの鳴沢の耳では聞き取れない。

我に返ると〈根占公園〉ではなかった。どこか大通りの歩道にいた。眼の前を通勤に急ぐとおぼしき乗用車が往《ゆ》き交っている。

鳴沢は動けなかった。前後左右から複数の屈強そうなスーツ姿の男たちに取り押さえられている。明らかに私服警官だ。

ぜえぜえ息を切らしながら首を背後に捩《ね》じると、そこに理会がいた。

「これは……これはなんのつもりだ。わたしを、どうしようと……た、たしかさっき言ったぞ、わたしを逮捕できないと、証拠はないと、たしかそう言っていたはずじゃないか」

「勘違いなさらないように。いまあなた、自分がなにをしようとしたか憶えていないんですか。走行してきたトラックの前に飛び出そうとしたんですよ。警察官としてではない、一市民の当然の義務としてわたしたちはあなたを止めたのです」

「逮……逮捕」

呻いた。狂え、気が狂え。必死で願った。いっそこのまま気が狂ってしまえ、と。

「逮捕してくれ」

気が狂ってくれ。なにもわけが判らなくなってくれ。なにも感じなくなってくれ。頼む。

しかし鳴沢の頭は正気を保ったままだった。

「……わたしがやった、全部。みんな、殺した。わたしがやったんだ。あの八人を殺したんだ。頼む。逮捕してくれ、いますぐ」

理会は男たちに顎をしゃくってみせた。

いつの間に来ていたのか、覆面パトカーが歩道に乗り上げている。歩行者の好奇の眼に晒されながら鳴沢は後部座席に押し込まれた。

「――最後にひとこと言っておきます」

車内を覗き込みながら理会の発した声は、鳴沢が思わず涙ぐみそうになるほど冷たかった。

「法律が自分をひと思いに楽にしてくれる――そんなむしのいい期待を抱いているのなら、いまのうちに考えなおしておくことです」

「死刑……ど、どうせおれは死刑だ」

「あなたは八人の生命を奪った。本人と遺族の哀《かな》しみ、そして無念。それらに真正面から向き合うためにあなたは法の裁きを受けるのです。決して自分の苦しみからさっさと逃げ出すためではない。くれぐれもお心得違いのないように」

ドアが閉まった。発車するとすぐに理会の姿は見えなくなる。

鳴沢は俯《うつむ》き、両手で耳を塞いだ。

しかし奏絵の歌声は聴こえる。頭のなかで鳴り響き続けている。

歯を喰いしばっても聴こえてくる。

Isn't she lovely
Isn't she wonderful
Isn't she precious
Less than one minute old
I never thought through love we'd be
Making one as lovely as she
But isn't she lovely made from love

いつまでも、どこまでも。
聴こえてきた。

＊作者付記＊

本作品は純然たるフィクションです。
実在する個人や団体には如何なる関係もありません。

解説

杉江松恋

『狂う』は、題名が表す通り、人の妄執を描くミステリーである。

元版となる単行本は、二〇一一年十月五日に幻冬舎から刊行された。元の題は『彼女はもういない』である。二〇一三年十月の文庫化にあたり『狂う』の題名に改められた。

単行本の帯には「青春の淡い想いが、取り返しのつかないグロテスクな愛の暴走へと変わるR-18ミステリ」と気になることが記されている。十八禁! たしかに年少の読者には刺激が強すぎるだろうな、という記述が含まれているのだが、本書はポルノグラフィーを意図して書かれたものではない。そういう期待をして読むとびっくりすると思うので、これは一応お断りしておきたい。

事の起こりは、主人公の鳴沢文彦という男が、出身校である古我知学園の同窓会名簿を受け取ったことだ。学園の創立八十周年記念版として刊行されたその名簿では、旧姓・比奈岡奏絵、現在の姓を薬丸というはずの女性の連絡先が空欄になっていた。

　中高一貫校の古我知学園に在籍していたころの鳴沢は、同学年の奏絵や井出啓太、栗原正明らと軽音楽同好会でバンドを結成していた。濃密な時間を共にしてきた間柄ではある。しかし進路はばらばらに分かれ、交流を保っていたのは郷里に残った井出啓太のみだった。その井出も交通事故のためにすでにこの世の人ではない。比奈岡改め薬丸奏絵とも、同じ名簿に掲載されているというだけのつながりしか持っていなかった鳴沢だった。細い糸が、切れたのである。高校を卒業して三十年近くが経ち、すでに四十代も半ばにさしかかった鳴沢の心は、そのことによって思いもよらない方向へと走り出してしまう。

　この鳴沢文彦と、殺人事件の捜査に当たる警察の動きを並行して描く形で物語は進められていく。警察が追うのは不可解な殺人事件だ。犠牲者となったのは内村多賀子という女性だが、常識では理解しがたい事実がいくつも浮かび上がってくる。最大の疑問は、犯人が内村を強姦《ごうかん》する場面を撮影し、編集した上でＤＶＤに焼いて彼女の恋人の家に届けていたことである。動画には当然、犯人と思われる男の姿も映っていた。顔を隠しているとはいえ、なぜ身元が割れてしまう危険を冒してまで証拠映像を残したのか。

事件の主犯が鳴沢文彦であり、彼が穂村浩雄というろくでなしの甥を使って強姦場面の撮影を行っているということが読者には早い段階で知らされる。そこが本書の謎解きをおもしろくしている点の一つである。警察が持っていない材料が与えられているにもかかわらず、読者は事件の全貌を見渡すことができない。肝腎《かんじん》の、鳴沢がなぜこのような犯罪計画を進めているのか、という動機の部分がまったく見えてこないからだ。舞台の一部が隠されたまま進行していく劇を眺めているようなもので、「見えるもの」と「見えないもの」が同時に示されるという不敵な情報開示の仕方が、読者の心に焦燥《しょうそう》を引き起こす仕組みになっているのである。

もちろん「見えないもの」を見る、すなわち推理によって真相を知るために必要な手がかりは物語の序盤から惜しみなく呈示されている。手がかりの中で最大のものは、主人公である鳴沢文彦の人間像だろう。鳴沢は資産家の息子であり、巨額の遺産を相続したために労働する必要さえない身分である。幼いときから彼は金銭面で不自由をしたことはなかった。性もまた金で処理すべきもので、生まれてからこのかた、彼は商売女以外と性行為をしたことはないのである。すべてを金で処理する、汚い言葉を使えば金で「買う」ことが鳴沢文彦という人間の基本になっている。そういう人間が犯罪に走った過程を乾いた筆致で描いた性格喜劇としても本書は読むことができるのである。この、「特異な性格（キャラクター）」を物語の中心に据えるという技法は、西澤保彦という作家が持っている武器の中でも、最も魅力的なものだ。

西澤のデビュー作は一九九五年の『解体諸因』（講談社ノベルス↓現・講談社文庫）である。同作は匠千暁、高瀬千帆ら安槻大学に通う若者たちが探偵役を務める連作短篇集で、『彼女が死んだ夜』（一九九六年。カドカワノベルズ↓二〇〇〇年。角川文庫↓現・幻冬舎文庫）他の続篇が書かれている。同シリーズの最大の特徴は、匠（タック）、高瀬（タカチ）らが酒盛りなどをしながら事件について交わす議論によって謎が解けていくという中核があり、一人の超人探偵に頼る物語形式にはなっていないということにある。

また、初期の西澤は『七回死んだ男』（一九九五年。講談社ノベルス↓現・講談社文庫）、『人格転移の殺人』（一九九六年。講談社ノベルス↓現・講談社文庫）などのＳＦ設定を駆使した作品も多く著《あらわ》している。通常とは違う物理原則が存在する場では、当然のことながら推理のための材料も通常とは違うものを準備しなければならない。そうした形で条件を「ずらす」ことにより、独創的な論理曲芸が可能になったのである。

しかしディスカッション型推理とＳＦ的設定の二つを西澤が柱としていた時期は短かった。一九九七年に発表した『仔羊たちの聖夜《イヴ》』（カドカワ・エンタテインメント↓二〇〇一年。角川文庫↓現・幻冬舎文庫）にはすでにその予兆があったが、一九九八年に西澤は自身を大きく飛躍させる二作の長篇を発表している。一作は『スコッチ・ゲーム』(カドカワ・エンタテインメント→二〇〇二年。角川文庫→現・幻冬舎文庫)だ。この長篇は二〇〇〇年の『依存』(幻冬舎→現・幻冬舎文庫)と対をなしており、一口で言うならばタックやタカチというシリーズ・キャラクターの解放を描いた作品である。それまでの作品では語られてこなかったが、彼らにはそれぞれ過去の体験によって呪縛《じゅばく》された部分があった。小説では謎解きによってそれがほどかれていくさまが描かれる。人間の中には過去からの体験によって形成された、自分でも自由にできない部分が存在する。それを主題にするという姿勢を、西澤は『スコッチ・ゲーム』という作品で初めて明示したのだ。

『スコッチ・ゲーム』はまた、人間の妄執は他者には受け入れられない独自の論理を生成する、ということを示した作品でもある。『殺す』(『猟奇の果て』立風書房→改題の上、現・幻冬舎文庫)は一九九八年に発表されたもう一つの重要な作品だが、この長篇でも西澤は身を滅ぼしかねないほどの妄執の形を描いている(しかも複数人の)。さらに重要なことは、この小説には謎解きによって解放されえない部分が存在するという点である。『殺す』では人間の中に巣食っている妄執の正体が十分に吟味され、論理的に解明もされる。しかしそれが明るみに出たところで、何も事態は変わらないのである。陽光の下に晒《さら》されて輪郭が明らかになった汚物は、その醜さが一層際立つだけであり、悪臭を放つ存在であるという本質は少しも変化しない。残酷な事実をこの小説は読者に突きつけたのである。

本書をすでにお読みになった方ならおわかりの通り、キャラクターを縛る過去の中へと深く沈降し、曖昧模糊《あいまいもこ》とした妄執を論理の力によって浮き彫りにするという人間把握のやり方は、鳴沢文彦という主人公に対して作者が試みていることと同じである。本書では『殺す』で捜査の指揮を執った警察官・城田理会が再登場して探偵役を務めている。それは決して偶然ではないはずだ。同作をこれから読まれる方のために詳述は避けるが、『狂う』は『殺す』の主題をさらに突き詰めた、リマスター版のような作品なのである。作者は本書で、一切の妥協なく鳴沢文彦というキャラクターを描き出そうとしている。だからこそ結末が胸にこたえるのだ。安易な共感を阻《はば》むように、それは重い。

ところで、西澤作品を読むときにいつも感心させられるのは、人間の心理という理屈の通用しない不定形の対象物を、実に合理的に、読者の納得がいく形で小説の素材にしていることだ。西澤の描く登場人物は、演出家によって決められた振り付けを無視する役者のようだ。足の向くままに歩き回り、思ったことをそのまま行動に移そうとする。標本のようにピンでひとところに留《と》められることを拒否するのである。

ミステリーという小説形式では人間の行為の最も極端な形である犯罪が主題として扱われ

ることが多いが、そのためには事件関係者の心理を俎上《そじょう》に載せて分析する必要が出てくる。古典的な探偵小説が、すでに起きてしまった事件を現在の視点から振り返って推理するという物語形式を持っていたのはそのためで、過去を標本のようにピンで留めることによって観察・分析しやすくしていたのだ。しかし現実の人間は静止しているわけではない。人間の動態を描きながら、同時にいかに分析を行うかということは、ミステリーを現代化させるための重要な課題でもあった。西澤はそうした問題に自覚的な作家である。本書では城田理会が同僚の刑事たちと議論を重ねながら犯人がとったであろう行動の軌跡を割り出していく。実はこの作家が持っている技巧の最良の部分は、この点にこそあると私は考えている。作者の努力の賜物なのである。

改めてお断りしておくが、凄惨《せいさん》な殺人事件の物語である。だが、作者が描写に溺れているような個所は一つもない。あくまで冷静に、理知的に、暴力によって他者を支配しようとする人間の姿を描き出そうとしているのだ。気持ちが挫《くじ》けそうになるかもしれないが、どうか最後まで読み通してもらいたい。積み重なった汚泥の層の中に、見つけ出すべき価値のあるものが眠っている。

——書評家

この作品は二〇一一年十月小社より刊行された
『彼女はもういない』を改題したものです。

狂《くる》う

西澤保彦《にしざわやすひこ》

平成25年10月10日　初版発行

発行人――石原正康
編集人――永島賞二
発行所――株式会社幻冬舎
〒151-0051東京都渋谷区千駄ヶ谷4-9-7
電話　03(5411)6222(営業)
　　　03(5411)6211(編集)
　　　振替00120-8-767643
印刷・製本―株式会社　光邦
装丁者――高橋雅之

幻冬舎文庫

ISBN978-4-344-42096-0　C0193　に-8-10

幻冬舎ホームページアドレス　http://www.gentosha.co.jp/
この本に関するご意見・ご感想をメールでお寄せいただく場合は、
comment@gentosha.co.jpまで。